Copyright : Tous droits de reproduction, d'adaptation et de traduction, intégrale ou partielle réservés pour tous pays. L'auteur est seul propriétaire des droits et responsable du contenu de ce livre. Le Code de la propriété intellectuelle interdit les copies ou reproductions destinées à une utilisation collective. Toute représentation ou reproduction intégrale ou partielle faite par quelque procédé que ce soit, sans le consentement de l'auteur ou de ses ayants droit ou ayants cause, est illicite et constitue une contrefaçon, aux termes des articles L.335-2 et suivants du Code de la propriété intellectuelle.

TRAJET SURPRISE

© 2022 Ellen Lemesle
Édition : BoD – Books on Demand, 12/14 rond-point des Champs-Élysées, 75008 Paris
Impression : BoD - Books on Demand, Norderstedt, Allemagne
ISBN : 978-2-3223-7523-3

Dépôt légal : Avril 2022

ELLEN LEMESLE

TRAJET SURPRISE

Roman

*A tous les covoitureurs de France et de Navarre,
heureux ou infortunés.*

Exister, c'est oser se jeter dans le monde.

Simone de Beauvoir

1. La plage

La mer
Qu'on voit danser
Le long des golfes clairs
A des reflets d'argent
La m...[1]

Non ! Stop. On rembobine. Le sable doré, le doux son des vagues qui caressent la plage, une chaleur délicate effleurant le corps : une vision paradisiaque surgit dans votre esprit ? Pas moi ! Je viens de passer la pire journée de ma vie. Je suis partie de chez moi hier matin, pleine d'espoir. L'appel de la secrétaire avait embelli ma semaine. J'étais convoquée à un entretien pour LE job. Pas celui qu'on voit rapidement passer sur le site de pôle emploi et pour lequel on tente sa chance sans grand enthousiasme. Non ! THE job. En voyant qu'ils recherchaient une responsable des ressources humaines pour gérer pas moins de cent vingt personnes, j'ai foncé. Il s'agissait d'une entreprise jeune, dynamique et structurée qui prévoyait de lancer de nombreux projets afin d'améliorer les conditions de travail des salariés. J'ai rédigé une belle lettre de motivation, adapté mon CV et envoyé le tout en croisant les doigts. Et ça avait payé ! Entretien fixé le vendredi 25 juin, avec le grand patron et son assistante. Et pas n'importe où : à La Rochelle, messieurs-dames, rien que ça. Je rêve

---
[1] *La mer*, Charles Trenet, 1946, Raoul Breton éditions.

de m'échapper de ma ville maudite depuis plusieurs mois maintenant. Honnêtement, La Rochelle ne représente-t-elle pas l'endroit idéal pour prendre un nouveau départ ? Le petit port, la cité médiévale, un climat agréable. Tout me séduisait. Du moins, jusqu'à ce que je rencontre le dirigeant et passe ce fichu entretien. Il s'en est donné à cœur joie, le salaud ! Rarement je me suis sentie autant humiliée. « Vous êtes toujours aussi présomptueuse ? » « Vos expériences sont très superficielles » « D'où tenez-vous ces informations farfelues ? » Et lui, d'où est-ce qu'il tenait sa tête de con ? Ces petits chefs se prennent vraiment pour les rois du monde. Ce genre de moment devait renforcer leur ego. Les jeunes restent les plus terribles. Les vieux boss, ils sont un peu blasés. Au pire, ils s'ennuient pendant un entretien. Ils bâillent, regardent leur montre, font des grimaces. Mais celui-là, bon sang, il était vraiment... jeune.

Je soupire en me remémorant la scène qui passe en boucle dans ma tête. Il me faudra du temps avant de parvenir à oublier cette épreuve. Je pensais vraiment avoir mes chances. J'ai réservé un covoiturage en catastrophe pour jeudi matin. Forcément, personne ne fait un Le Mans-La Rochelle direct. J'ai donc changé de véhicule au milieu du trajet et attendu le deuxième pendant une heure sur l'aire d'autoroute, en plein cagnard. J'ai réservé un Airbnb que je n'ai pas les moyens de me payer en ces temps de disette et avalé un jambon-beurre en guise de repas afin de limiter les frais.

Tout ça pour finir en miette, sans espoir de décrocher le travail dont j'ai si cruellement besoin. Mes économies ont fondu ces derniers mois et je ne pourrai pas me permettre de rester dans cette situation encore longtemps.

Bref... Ça aurait pu être pire. Je suis à La Rochelle et achève mon périple professionnel sur la plage, allongée au soleil. Foutue pour foutue, je ne vais pas me priver d'un petit moment de détente, d'autant plus que je ne suis pas prête de repartir en vacances. Alors, profitons de l'instant. J'aurais pu postuler dans un coin perdu au fin fond de la campagne. À la place de la mer, j'aurais eu droit à une sieste dans un champ infesté d'insectes, envahie de relents de pesticides. La Rochelle restait un bon choix finalement, même pour un entretien catastrophique. Il faut voir le positif. Allez !

Le soleil effleure mes jambes que je n'ai pas eu le temps d'épiler. Ou plutôt, il agresse mes jambes. Bien évidemment, je n'ai pas emporté de crème solaire, dans la précipitation et l'excitation du moment. Parce qu'en plus, j'y avais vraiment cru. J'avais le profil. Résultat : une heure trente à subir les assauts de ce psychopathe. Non ! Stop ! On a dit du positif ! On arrête de ressasser. Je profite du soleil dans ce cadre balnéaire en attendant mon covoiturage retour. J'ai eu de la chance cette fois : un trajet direct jusqu'au Mans. C'était inespéré. J'ai encore une bonne heure devant moi. Dommage que j'aie oublié mon maillot, j'aurais bien fait trempette. Évidemment, on n'emporte pas un bikini quand on se rend à un entretien d'embauche. Certes, il ne faut pas être trop frileuse pour braver l'Atlantique. Mais l'océan indien n'est clairement pas à l'ordre du jour. J'ai quand même une petite serviette sur laquelle je lézarde et profite des premiers rayons de soleil de l'année. L'été est arrivé d'un coup. Les températures ont grimpé de quinze degrés en quelques jours. Les vacances approchant, la plage est fréquentée par les premiers touristes, heureux de bénéficier d'une ou deux semaines de repos. Des enfants jouent à grands renforts de cris et exaltations dont je me serais bien passée. J'ai même esquivé de justesse un tir de ballon en pleine tête. C'est fatigant les enfants...

À 18 heures, je dois rejoindre mon covoiturage pour rentrer chez moi. Une fois à la maison, je me remettrai à mes recherches. Mais pour l'heure, je savoure mes dernières minutes de plage. C'est agréable. Je sens le sel de la marée montante pénétrer dans mes narines. Et l'eau fraîche qui vient toucher mes pieds. L'eau fraîche ? C'est pas vrai ! Je me redresse, et bondis de ma serviette. La mer, qui se situait à une dizaine de mètres à mon arrivée, est parvenue jusqu'à moi. Mon sac est trempé. Je le soulève, consternée. De l'eau salée s'en échappe par tous les côtés. J'ai fait l'effort, en partant, d'emporter le strict minimum pour éviter de me charger inutilement. Mes quelques affaires sont désormais humides et parfumées à l'iode. Une de mes tongs a été emportée par la vague précédente et s'éloigne au large. Je vais devoir remettre les chaussures que je portais à l'entretien. De beaux escarpins que je sors uniquement pour les grandes occasions. Un style détonant avec mes habits de plage ! Tant pis, je ne vais pas remettre mon tailleur et ma chemise par cette chaleur. De toute façon, tout est mouillé. Les covoitureurs ne s'en formaliseront peut-être pas. Je monterai rapidement dans le véhicule, ni vu, ni connu. Ils ne remarqueront rien. Je me serais bien passé de cette dernière déconvenue. J'aurais dû surveiller la marée. Quand on n'est pas du coin, on ne se méfie pas. Trop tard maintenant. Je ramasse ma serviette, que je range dans le sac, et quitte la plage, abattue.

Décidément, ce n'est pas ma journée.

2. Les covoitureurs

Le conducteur m'a donné rendez-vous sur le parking d'une supérette située à l'entrée de la ville. Il me faut au moins une demie-heure pour y parvenir et en escarpins, la tâche s'annonce ardue. Je presse le pas afin de ne pas arriver en retard. Il ne manquerait plus que le gars parte sans m'attendre et ce serait le clou de la journée. Le claquement de mes talons sur le sol pavé résonne à mes oreilles. Avec mon short en jean, je dois avoir une drôle d'allure. Je jette un œil aux passants que je croise, mais aucun ne semble me dévisager. *Mon look n'a peut-être pas l'air si étrange*, me dis-je avant de me rétracter en apercevant ma silhouette dans le reflet d'une vitrine. C'est vraiment la honte. Heureusement, quand j'arriverai au Mans, il fera presque nuit, je ne devrais croiser personne sur le chemin jusqu'à mon appartement. Je pourrai peut-être même négocier avec le conducteur pour qu'il me dépose au pied de chez moi. Je fais rarement cela. J'ai déjà emmené des passagers au volant de ma voiture et il y en a qui abusent vraiment. « Ce sera juste un petit détour » disent-ils. J'accepte. Et bam ! Un quart d'heure de perdu. Je vais quand même peut-être tenter ma chance cette fois. On verra si le chauffeur est sympa. Tout aurait été plus simple si j'avais pu me rendre à La Rochelle avec ma propre voiture. Je ne me serais pas retrouvée tributaire d'autrui. Manque de chance, ma titine est au garage. Je préfère ne pas penser à la facture qui m'attend. C'était probablement un mauvais présage pour cet entretien d'embauche. Pas de voiture : pas de déplacement. Je devrais croire aux signes parfois. Quand je sens que ça risque de mal tourner, je pourrais me rétracter. Le problème, c'est que je ne vois rien venir. Aucun instinct. C'est le drame de ma vie. Comme avec Aurélien. Je n'ai rien vu venir. Ah non ! On ne ressasse pas ! On a dit qu'on se concentrait sur le positif...

Je parviens au point de rendez-vous à temps. J'ai même cinq minutes d'avance. Je m'installe dans un coin du parking, histoire de ne pas trop attirer l'attention. Une brûlure me lance au niveau des pieds. Rouges, ils ont souffert de la petite marche en escarpins et annoncent l'apparition de deux belles ampoules. J'examine les alentours. C'est intelligent comme lieu pour récupérer des passagers. Arrêter la voiture, le temps de charger les voyageurs et leurs bagages, ne présente aucune difficulté. Je ne sais pas combien nous serons sur ce covoiturage. J'ai bien l'impression d'être la seule à attendre. Le covoiturage, c'est une histoire d'alchimie. Ça peut même se révéler agréable parfois. Bon, OK, pas toujours. Et aujourd'hui, je ne suis pas d'humeur à faire la causette. Je n'ai surtout pas envie de revenir sur le traumatisme de l'entretien. J'en ai pleuré en sortant. Attendez, il s'agit d'une réaction qui ne me ressemble pas. Cependant, cette fois, j'ai vécu l'échec extrêmement violemment. Je me suis cachée au détour d'une rue afin que personne ne me voie en sanglots. Trop d'espoir et aucune chance. C'est ça qui m'a touchée : y avoir cru et imaginer que je pouvais réussir. Je soupire bruyamment. Il faut bien avaler la pilule. Il est temps de rentrer à la maison. Je relancerai mes recherches d'emploi dès demain. Je ne vais pas laisser ce petit con m'abattre. Il ne sait pas ce qu'il rate !

    Je patiente un bon quart d'heure, mais aucun signe de mon covoiturage. C'est étrange. En général, les gens préviennent quand ils ont du retard. J'espère qu'il ne m'a pas oubliée ! Je n'ai aucune solution de repli et je me vois mal aller jusqu'à la gare pour tenter d'attraper un train. J'envoie un message afin de m'assurer que le conducteur est bien en route. « J'suis là ds 5 min ! » répond-il aussitôt. Ça commence mal. Il aurait pu m'avertir, c'est la moindre des choses quand on n'est pas à l'heure. Je jette un œil à mon sac de voyage posé à mes pieds. Pas sûr qu'il survive à l'assaut de la vague. Il est toujours mouillé, de même que les affaires à l'intérieur. J'imagine l'odeur lorsque j'arriverai chez moi et que ça aura bien macéré. Il faudra probablement que je fasse une machine avant de me coucher. J'ai tellement hâte de retrouver mon lit et d'oublier cette journée atroce. Demain, je me lèverai en forme et tout cela sera un mauvais souvenir.

    Des vacanciers récupèrent des charriots et entrent dans le magasin. On les reconnaît facilement : sourire aux lèvres, tongs aux pieds et marmots surexcités. Une mère de famille me regarde, méfiante. Il est certain que mon accoutrement ne joue pas en ma faveur avec mes chaussures à talons et mon mini-short. Oh, mais ! Horreur ! J'espère qu'elle n'imagine pas que je fais le tapin ! Soudain, des coups de klaxon répétés et insistants interrompent mes pensées. Je me retourne vers la voiture tonitruante. Plusieurs clients, interpellés par le vacarme, braquent également leurs regards sur la Ford Fiesta grise qui entre à vive allure dans le parking. C'est bien mon chauffeur. Ça commence vraiment très mal.

***

Le véhicule roule jusqu'à moi. Pour une raison qui m'échappe, le conducteur est parvenu à me repérer immédiatement.

— Marianne, c'est ça ? me demande-t-il à travers la vitre ouverte.

Je confirme en tentant d'esquisser un sourire. Presque une demie-heure d'attente, une arrivée en fanfare, je dois me faire violence pour rester aimable avec celui qui est censé me raccompagner chez moi. Il coupe le moteur de la voiture sans prendre la peine de se garer sur une place du parking et me rejoint.

— J'ai un petit sac, je le mets dans le coffre ?

— Ouais, attends, je vais t'ouvrir. Au fait, Léo, enchanté ! lance-t-il joyeusement en m'embrassant.

— Oui, oui, enchantée.

Il ne prend même pas la peine de s'excuser pour son retard. *Marianne, reste cool*, pensé-je. Tandis que Léo attrape mes affaires et les place dans le coffre, je l'observe à la dérobée. Je n'aurais pas dû m'alarmer de porter des chaussures non assorties à mes vêtements. Il a, en effet, lui-même une apparence assez particulière. Il s'agit d'un homme grand et maigre. Ses tempes dégarnies laissent à penser qu'il doit avoir une quarantaine d'années. Deux yeux bleu vif percent à travers son visage mal rasé et ses cheveux châtains courts n'ont probablement pas été lavés depuis plusieurs jours. Il porte un marcel beige tâché de graisse. Son jean lui tient probablement bien chaud avec la canicule qui sévit encore à cette heure. Ses gestes, rapides et saccadés, témoignent si ce n'est d'une hyperactivité, du moins, d'une grande vivacité. À ses pieds, une paire de mules, qui doit avoir une dizaine d'années, achèvent l'aspect débraillé de mon conducteur. Pour couronner le tout, une infâme odeur d'oignons s'échappe de sa bouche, indiquant qu'il a englouti un kebab peu de temps auparavant.

— Hé ! On va faire une petite pause ! hurle-t-il à un passager installé à l'avant de la voiture, me faisant sursauter. Ça te dérange pas, Marianne ?

— Oh non, pas du tout, ce n'est pas comme si j'avais attendu, rétorqué-je.

Léo ne saisit pas l'ironie de ma réponse ou, en tout cas, ne s'en formalise pas.

— Parfait ! conclut-t-il en sortant de sa poche un paquet de tabac et de feuilles.

Tandis qu'il roule sa cigarette, je note avec inquiétude que ses mains tremblent légèrement. En quelques secondes, néanmoins, il achève son œuvre et porte la clope à ses lèvres. Le second passager sort du véhicule au moment où Léo expire une bouffée impressionnante de fumée.

— Bonjour Marianne. Je me prénomme Josselin. On va faire un petit bout de chemin ensemble, chuchote-t-il en souriant.

L'expression me semble bizarrement choisie. J'aurais bien aimé lui répondre sèchement qu'on se contente de faire le même trajet en voiture. Cependant, la timidité et la fragilité manifestes du jeune homme m'en dissuadent. Il conserve le même sourire aux lèvres en tournant le regard vers le parking de la supérette les yeux mi-clos. Je ne saurais dire lequel des deux hommes présente l'allure la plus étrange. Josselin possède un visage juvénile qui doit masquer un âge plus élevé que ce que l'on pourrait penser au premier abord. Il est vêtu d'une chemise blanche à manches courtes fermée jusqu'au col, contrastant avec son teint mat. Les cheveux hirsutes blonds décolorés, il me fait penser à un étudiant qui a oublié de se lever le matin. Une énorme paire de lunettes de soleil couleur jaune fluo envahit la moitié de son visage.

— Le vent a décidé de se faire discret aujourd'hui, constate-t-il en penchant sa tête vers l'arrière.

— Dis plutôt qu'il fait une chaleur à crever ! braille Léo. La clim' est en panne dans la bagnole. Fais chier !

— Ça fait du bien de profiter d'un peu de soleil. Le soleil, c'est la vie. Tu ne crois pas Marianne ?

Je dévisage Josselin. Il semble le plus sérieux du monde. Que suis-je supposée répondre à ça ? D'autant plus qu'un trajet dans un four ne me fait pas rêver...

— Oui, absolument. Le soleil, c'est la vie.

— Heureusement qu'il existe des gens comme toi, mec. Le monde courrait à sa perte sans un peu de poésie !

— N'exagère pas. Le monde courrait à sa perte sans des boute-en-train de ton genre, nuance Josselin.

— On se complète bien, comme les deux faces d'une même pièce.

Les deux hommes s'esclaffent en fumant leur cigarette. Ils dégagent une impression de complicité qui m'étonne au regard de leurs différences évidentes.

— Vous vous connaissez depuis longtemps ? demandé-je, curieuse.

— Oh, oui, répond Léo. On a déjà fait une heure de route ensemble.

— Je ne prends plus le train désormais. Le covoiturage permet de faire la connaissance de personnes qu'on n'aurait jamais eu la chance de rencontrer ailleurs. C'est pour ça que j'aime bien, précise Josselin.

Sceptique, je me dis que le covoiturage nous oblige aussi parfois à supporter la présence de personnes dont on se passerait bien. Et ces deux-là n'ont pas l'air tristes. S'ils sont parvenus à un tel degré de complicité en si peu de temps, je ne sais pas à quoi je dois m'attendre pour les trois heures que je vais passer avec eux. Le bon côté, c'est que je pourrai m'installer à l'arrière et peut-être même faire une sieste sur la route si les deux hommes se contentent de discuter entre eux. Je suis tellement impatiente de rentrer dans mon studio et d'oublier cette journée.

— Ça va pas, Marianne ? demande Josselin, les sourcils froncés, en remarquant mon air déprimé.

— Si, je suis un peu KO avec cette chaleur.

— Ah...

— Allez, on y va, décide soudainement Léo.

Il se dirige vers l'intérieur de la Fiesta et nous l'imitons. Au moment de m'asseoir, je prends conscience que je ne suis pas la seule installée sur la banquette arrière. Une énorme cage à barreaux y est posée. A l'intérieur, de la paille et, de toute évidence, des animaux.

— C'est quoi ça ? demandé-je d'un air soupçonneux.

— Je rends service à ma sœur. Elle a laissé ses rats chez mes parents pendant trois semaines. Les deux chérubins avaient besoin de prendre l'air. Tu comprends, la ville, ce n'est pas bon pour les animaux. La pollution, tout ça. Mais les vacances sont terminées pour eux. Toutes les bonnes choses ont une fin !

— Il y a des rats dans la cage ?

Je refuse d'y croire.

— Oui, je les ramène à leur maison, chez ma sœur.

— Et je dois m'installer à côté d'eux ?

— Tu ne vas pas aller dans le coffre, répond-il, hilare. Mais ne t'inquiète pas, elle a payé une place de covoiturage pour eux.

— Ah ! Si elle a payé le covoiturage, tout va bien, ironisé-je.

Je monte dans la voiture en me demandant qui peut bien se soucier de savoir si des rats ont réservé leur trajet sur *BlaBlaCar*. Sérieusement, je vais devoir me farcir trois heures de route avec les deux bestioles à mes côtés. C'est foutu pour la sieste en tout cas. Je ne pourrai jamais fermer les yeux en sachant que deux rats se tiennent à moins de cinquante centimètres de moi. J'attache ma ceinture et me colle contre la portière afin de rester le plus éloignée d'eux possible. C'est bien ma veine : je suis terrorisée par les rongeurs. Ne me demandez pas pourquoi, je n'en ai aucune idée. C'est comme ça depuis que je suis gamine.

Décidément, ce n'est vraiment pas ma journée !

3. Le Rhum

Le véhicule se met en route. Je reste songeuse pendant que les deux hommes discutent de l'impact des réseaux sociaux sur les relations humaines. Comment me suis-je retrouvée dans cette situation ? Me rendre à trois cents bornes de chez moi pour passer un entretien d'embauche calamiteux et terminer dans un covoiturage en compagnie de rats. Cela m'aurait semblé inimaginable, risible, il y a quelques mois. Oui, mais voilà. Tout avait vrillé d'un seul coup.

Après mes études à Caen, j'avais eu envie de tenter l'aventure avec Aurélien. On s'était connus par le biais d'amis communs. Doux et intelligent, il m'amusait beaucoup. J'appréciais sa compagnie. On avait un bon feeling, comme on dit. Ça aurait été dommage de ne pas essayer de construire quelque chose ensemble. Lorsqu'il m'avait annoncé qu'il souhaitait retourner auprès de sa famille, je m'étais sentie délaissée. Cependant, il m'avait rapidement proposé de venir avec lui. Il avait trouvé un job au Mans et disait qu'il s'agissait d'une ville sympa. Je l'avais rejoint, enthousiaste. De plus, j'avais rapidement trouvé un emploi dans la même boîte. Ils recherchaient une responsable des paies et j'avais décroché le poste sans difficulté. Toutefois, nous ne voulions pas aller trop vite. J'avais donc loué un studio et lui était retourné chez ses parents, même s'il restait le plus souvent chez moi. Ça a duré deux ans comme ça. C'était le bon temps... Tu parles !

C'était le temps des faux-semblants ! J'avais bien constaté qu'il semblait distrait parfois. Je l'avais mis sur le compte du travail et de la pression. Lorsque son téléphone bipait, il se jetait dessus avant que je n'aie pu voir le nom de l'émetteur. Je m'étais convaincue qu'il avait le droit d'avoir ses amis sans me rendre de comptes. De vivre sa propre vie. C'est naturel. De mon côté, j'appréciais également mon indépendance. Par contre, l'odeur de *Very irresistible* sur sa chemise, ça, ce n'était ni naturel, ni normal. Je l'avais clairement identifiée, aucun doute possible. La période des soupçons s'était révélée atroce. Je l'espionnais discrètement, traquais son agenda, surveillais ses déplacements. Après un mois d'incertitudes, je ne tenais plus. J'étais allée droit au but.

— Est-ce que tu vois une autre femme ?
— Mais non, pas du tout. Pourquoi j'irais chercher une autre femme ? Je t'ai toi. On est bien ensemble. Je n'ai aucune raison de te tromper. Et comment je pourrais trouver le temps ? Je suis en permanence avec toi.

Un homme innocent ne cherche pas des arguments pour se défendre. J'avais aussitôt compris qu'il mentait. Effectivement, il passait beaucoup de temps avec moi, soit à mon appartement, soit au travail. Comme sa maîtresse ne se trouvait manifestement pas chez moi, j'ai observé son comportement au boulot. En deux jours, je l'avais identifiée. Elle glissait un petit sourire par-ci, un regard langoureux par-là, lui touchait l'épaule en laissant traîner sa main un peu plus longtemps que nécessaire. La vérité se manifestait avec une limpidité indécente. J'avais supporté les paroles aimables d'Amélie durant une semaine. Il faut dire qu'elle en faisait des caisses. Les compliments pleuvaient en permanence. « Marianne, tu es sublime aujourd'hui ! » « J'admire ta rigueur au travail. Tu es tellement sérieuse et organisée ! ». Jusqu'au jour où j'avais riposté.

— Dis-moi, Amélie, tu penses leurrer qui ?
— Pardon ?

Les yeux ébahis, elle avait tenté d'esquisser un sourire à travers ses lèvres colorées d'un rouge vif. Mon regard glacial l'avait stoppée net.

— Tu sais qu'on récolte toujours la monnaie de sa pièce, avais-je ajouté en me balançant sur mon fauteuil. Et les gens comme toi payent toujours très cher leurs obscénités.

— Est-ce une menace ? avait-elle demandé stupéfaite.

— Non. Ce n'est pas une menace. C'est une promesse.

Je me rappelle encore ce moment jouissif. Je me sentais assez fière de ma répartie. Elle était sortie précipitamment de mon bureau en se cognant à un meuble. Je l'avais suivie du regard et vu glisser un mot discrètement à l'oreille d'Aurélien. Paniqué, il avait tourné les yeux, dans ma direction et passé sa main dans sa barbe. Il se demandait probablement comment rattraper le coup. De toute façon, j'avais pris ma décision. Je n'allais pas supporter la vue de ces deux crevures un jour de plus. Avant de déposer ma lettre de démission, j'avais néanmoins pris soin d'entrer dans le bureau d'Aurélien pendant la pause du midi et attrapé un dossier sur lequel il planchait depuis plusieurs semaines. En déposant les documents dans le destructeur à papiers, je m'étais dit que ce n'était pas si cher payé comparé à sa tromperie. Je m'étais délectée de la vue des feuilles découpées en mille morceaux et avais quitté l'entreprise pour ne plus jamais y mettre les pieds. Amélie se demande peut-être encore si j'ai l'intention de tenir ma promesse et quelle forme prendra ma vengeance. L'avoir laissée dans l'angoisse reste ma petite satisfaction. Il en faut peu, me direz-vous.

Depuis ce moment, j'étais à la recherche d'un emploi. Honnêtement, je pensais que ce serait plus facile. Dans un premier temps, il m'avait fallu un mois avant d'avaler la trahison dont j'avais été victime. Je restais enfermée dans mon appartement toute la journée, à errer comme un zombie, incapable de m'habiller. Je ne sortais que pour me ravitailler. Et encore... Aurélien avait tenté de m'appeler plusieurs fois avant de laisser tomber. Il s'était fait une raison et moi, j'en cherchais encore une. Je ne comprenais pas comment j'avais réussi à me laisser piéger, à abandonner une ville que j'adorais pour rejoindre un lieu où je n'avais personne. Tout ça pour finir sans boulot et sans mec.

Je suis finalement parvenue à me convaincre que le problème venait de lui, non de moi, avant de me lancer à la recherche d'un emploi. Toutefois, le marché est beaucoup moins favorable à l'heure actuelle. Et je ne suis pas prête à tout accepter. L'offre à La Rochelle était séduisante. Le job semblait super et la perspective de déménager m'enchantait. Mais j'ai subi un nouvel échec. Dommage pour moi.

La question de Léo me tire brutalement de mes pensées.

— Alors, qu'est-ce que tu vas faire au Mans ?

— J'habite là-bas, réponds-je.

— Ah oui ! Moi aussi. C'est marrant qu'on se soit jamais rencontrés, précise-t-il.

Pas si surprenant, pensé-je. On ne fréquente sûrement pas les mêmes gens. Enfin, de toute façon, je ne fréquente personne au Mans.

— Oui, c'est vrai. Tu habites dans quel coin ? lui demandé-je pour être polie.

— Je vis dans un village pas loin. Je retape une maison. C'est du boulot ! Mais au moins, c'est mon chez-moi et je fais tout à mon goût.

— J'aimerais bien aussi avoir une maison, commente Josselin. Je mettrais des petits coussins pour que ce soit agréable. Et de la musique calme pour pouvoir me détendre.

— Tu ne mets pas de musique chez toi ?

Il n'est pas nécessaire d'être propriétaire d'une maison pour écouter une playlist. Il suffit d'allumer son téléphone, une enceinte Bluetooth et le tour est joué. Ce Josselin m'a l'air sacrément détraqué.

— Si, bien sûr ! répond-il avec véhémence. Mais c'est différent. Je ne peux pas l'allumer très fort.

— Tu veux mettre de la musique calme le volume au max ? Il y a un truc qui doit m'échapper, grimacé-je.

— Imagine-toi avec du Mozart à fond dans ta baraque. Pour certaines personnes, c'est le kif ultime, proteste Léo.

— Hum, je vois.

Je ne comprends rien à ce qu'il dit, mais mieux vaut laisser tomber. Je ne suis pas d'humeur à polémiquer.

— Tu vis aussi au Mans, Josselin ?

— Non, à Royan. Tu connais ?

— Pas du tout. Qu'est-ce qui t'amène au Mans alors ?

— Je rends visite à des amis. Ils vont bientôt avoir un bébé. Donc c'est l'occasion de fêter quelque chose.

— On est partis de Royan ensemble, précise Léo.

— Qu'est-ce que tu faisais à Royan ?

— Je suis allé voir mes parents, répond-il. Ça faisait un bail. Bon, ça s'est pas très bien passé. Mais c'est la vie ! Ils ont une maison de vacances là-bas. Je me suis dit que ça me ferait du bien de prendre l'air quelques jours.

Je préfère ne pas l'interroger sur ce qui lui est arrivé pendant son séjour. Les conflits de famille, c'est toujours délicat. Et je porte mon fardeau, ça suffit, pas besoin de connaître celui des autres. Je jette un œil à la cage. Les rats sont toujours invisibles. Ils doivent être calés dans la petite cabane.

Sales bêtes. J'espère qu'ils ne vont pas sortir de leur cachette pendant le trajet.

— C'est compliqué avec mes parents. Ils sont fermés, ils me comprennent pas trop. Ça me fait de la peine, mais je vais pas changer pour eux !

— C'est une question de génération probablement, renchérit Josselin songeur. On n'a pas eu la même vie qu'eux. Mais avec de la communication, les choses doivent pouvoir s'arranger.

— Il faut y croire, mec ! L'espoir fait vivre.

Les deux hommes éclatent de rire, même si je ne comprends pas tellement où se situe la pointe d'humour.

— Alors Marianne, dis-nous tout, tu fais quoi de beau dans la vie ? demande Josselin de sa voix frêle.

— Je suis au chômage.

— Comme moi, enchaîne fièrement Léo. Enfin, je bosse, mais bon, c'est un peu de la débrouille, ajoute-t-il avec un clin d'œil.

— Officiellement, on appelle ça le travail au noir, ou travail illégal si tu préfères, lui fais-je remarquer en souriant.

Le bon côté, avec ces deux-là, c'est que je me sens moins mal. Je vis difficilement ma situation depuis que j'ai pris conscience que retrouver un travail ne serait pas si aisé. Au fur et à mesure des mois, ma confiance a eu tendance à s'amenuiser. Le plus difficile à supporter reste le regard des autres. La sensation d'être en décalage par rapport à tous ces jeunes actifs dynamiques me tenaille et me renvoie une image déplorable de moi-même. Dans cette voiture, néanmoins, j'ai la sensation de ne pas être encore au fond du trou, comme si l'image qu'ils me renvoient me rassure quant au fait qu'il y a pire que moi.

— Tu cherches du taff dans quoi ?
— Dans les ressources humaines.
— Quoi ! Les ressources humaines ?! s'écrie Léo. Tu descends !

Sans raison apparente, il freine subitement et les pneus de la Ford Fiesta crissent sur le sol. La voiture effectue un soubresaut qui nous secoue violemment et s'arrête sur la route. Aucun véhicule ne nous suit de près, fort heureusement, car il nous serait rentré dedans. Ma ceinture de sécurité m'évite une projection vers le siège avant. Josselin n'a toutefois pas pris la précaution d'attacher la sienne. Il s'emplafonne sur le pare-brise, malgré la faible vitesse à laquelle roulait Léo. Ce dernier se tourne vers son passager et son sourire s'efface de son visage.

— Ho ! Excuse-moi, mec ! J'ai pas fait exprès !
— Aïe, répond Josselin en se tenant le front.
— Ça va ? Je voulais faire une blague. Je suis désolé ! Ça va ?

Josselin gémit faiblement, le visage toujours recouvert de ses mains. Les rats à côté de moi ont également été surpris. Je les entends s'agiter dans la cage et pousser de légers couinements. Le bruit me fait dresser les poils malgré la chaleur qui règne dans le véhicule. Bien qu'ils ne sortent pas le museau de la cabane, je ressens leur panique et crains de les voir surgir et s'accrocher aux barreaux de la cage. Je choisis de diriger mon regard devant moi plutôt que de prêter attention aux deux rongeurs. Je me détache et passe ma tête entre les sièges situés à l'avant de la voiture. Josselin retire les mains de son front et regarde autour de lui, l'air hagard. Elles sont couvertes de petites traînées de sang, de même que son visage. Léo pousse un cri aigu.

— Merde, c'est l'arcade ! constate-t-il, paniqué.

— Je crois que je saigne, bredouille Josselin en regardant ses doigts tâchés.

Il semble encore plus perdu et fragile que lorsque je l'ai vu sortir de la voiture sur le parking. Des points rouges couvrent également sa chemise blanche. Le silence gagne le véhicule. J'aperçois, horrifiée, sous le sourcil droit de Josselin, un filet de sang qui s'écoule le long de sa joue.

— T'inquiète pas, mec ! On va t'aider. Marianne, t'as des serviettes ou des mouchoirs ?

Ce sont probablement les mots les plus sensés qu'il ait prononcés depuis que nous avons débuté le trajet.

— J'en ai dans mon sac, me rappelé-je. Il est dans le coffre.

Je descends de la voiture et prends soin de laisser la portière ouverte. Vu le pedigree de notre conducteur, il est capable d'oublier que je suis sortie, de redémarrer et de continuer sa route. Je suis certaine qu'il ne se rendrait pas compte de mon absence avant d'arriver au Mans. Je fouille dans mon sac, toujours mouillé, et récupère un paquet de mouchoirs humides. Ça fera l'affaire, faute de mieux. Les deux hommes sortent de la voiture et Josselin s'assoit dans l'herbe le long de la route. Je suis surprise de constater qu'il garde son sang-froid et attend docilement que je lui apporte de quoi s'essuyer. Des véhicules circulent auprès de nous et ralentissent afin de mieux voir ce qu'il se passe. Toutefois, force est de constater qu'aucun d'eux ne s'arrête pour demander si nous avons besoin d'assistance. Quel monde d'égoïstes. Pour peu, ils prendraient des photos à poster sur les réseaux sociaux.

J'aide Josselin à éponger son arcade sanguinolente. Malgré l'aspect impressionnant de la traînée rouge, la plaie ne semble pas très profonde. Il se laisse faire sans se plaindre. Léo nous observe, manifestement soulagé de voir le sang peu à peu disparaître du visage de Josselin.

— Merci, t'es gentille, marmonne le blessé en me regardant avec un sourire béat.

Il est très rare qu'on me tienne ce genre de propos. Pour une raison simple : je ne suis pas gentille. Je m'intéresse peu aux autres, j'ai déjà suffisamment de soucis avec moi-même. Mais quand même, je n'allais pas lui balancer les mouchoirs et le laisser se débrouiller. En plus, cela aurait mis deux fois plus de temps et je serais rentrée encore plus tard chez moi. Et je n'imagine même pas si Léo avait accompli cette tâche à ma place...

— Il faudrait peut-être désinfecter, suggéré-je en examinant le sourcil.

— J'ai ce qu'il faut pour ça ! s'exclame Léo en se dirigeant vers le coffre de la voiture.

Nous l'entendons farfouiller durant plusieurs minutes.

— Putain, mais où est-ce qu'elle est ? rumine-t-il en cherchant au milieu des affaires.

— Tu es douée pour soigner une plaie, constate Josselin. Je pensais pas qu'on savait faire ça quand on travaille dans les RH.

— Je...

— Ah, la voilà ! m'interrompt Léo.

Il nous rejoint et tient fièrement en l'air une bouteille d'alcool.

— Qu'est-ce que c'est que ça ? bredouillé-je en le dévisageant.

— Du rhum, le meilleur qui soit, en provenance directe de Martinique. Ça devrait le faire, nan ?

— Oui, c'est bon, confirme Josselin.

Résignée, j'en verse une petite quantité sur un mouchoir que je pose délicatement sur l'arcade. Le jeune homme pousse un grognement rauque au contact du liquide.

— Oh, la vache.

Je me réjouis de m'être installée à l'arrière, car très clairement, j'aurais bien moins tenu le coup que lui. La seule vue du sang sur mes mains aurait provoqué un évanouissement. En même temps, s'il avait attaché sa ceinture, il n'aurait pas fini écrasé sur le pare-brise et son œil serait indemne. Une chance encore qu'il n'ait pas traversé la vitre.

— Ça va, mec ? J'ai que ça, avant j'avais aussi une bouteille de whisky dans ma caisse, mais je l'ai finie.

— Oui, je tiens le choc. Heureusement que Marianne fait bien les choses.

Il commence à m'agacer avec ses compliments celui-là. Il ne faut pas exagérer non plus. Cela dit, il m'a l'air d'être du genre à s'émouvoir pour pas grand chose. Je préfère ne pas le brusquer et garde le silence.

Cinq minutes plus tard, nous décidons collectivement que le blessé est soigné. Josselin se relève et me remercie à nouveau.

— Victoire ! s'écrie Léo. On pourrait en profiter pour boire un petit verre, histoire de nous remettre de nos émotions.

Je me décompose devant l'air enjoué de notre conducteur. Le gars est sérieux. Il ne plaisante pas. Il veut vraiment qu'on picole au bord de la route alors qu'il est supposé prendre le volant.

— T'as failli m'éborgner, ça craint, on va quand même pas célébrer ça.

— Ouais, t'as raison, mec. On va repartir. Allez, en route !

Je n'ai pas besoin de me faire prier pour regagner ma place. Nous remontons tous les trois à bord de la Ford Fiesta qui doit nous conduire sains et saufs jusqu'au Mans. Nous n'avons pas roulé depuis quinze minutes que Léo a installé deux rats sur une place de covoiturage, blessé un passager et proposé de boire un verre d'un rhum douteux.

Décidément, ce trajet risque d'être très long.

4. Obiwan et Kenobi

Alors qu'ils reprennent la route, Josselin se laisse emporter par ses pensées. Il aurait pu être plus gravement blessé, il s'en est fallu de peu. Malgré tout, Léo ne l'a pas fait volontairement. *C'est un chouette type*, se dit-il, *ça saute aux yeux. Et drôle en plus.* Josselin n'avait pas toujours eu la chance de tomber sur des gens bien intentionnés. Lorsqu'il était petit garçon, il n'avait pas beaucoup de copains à l'école. En avait-il eu un seul ? Il ne s'en rappelle pas. Ses meilleurs amis étaient les livres qu'il dévorait à toute vitesse. Il fréquentait avec assiduité la bibliothèque municipale, véritable caverne d'Ali Baba pour un enfant passionné d'histoires. Il empruntait plusieurs ouvrages pour les rapporter quelques jours plus tard. Il s'isolait dans sa chambre ou dans le jardin et avalait les mots qui défilaient sous ses yeux, fasciné. À chaque livre, une aventure différente. Il se voyait tantôt comme Long John Silver sur l'île aux trésors tantôt comme un membre du clan des sept sur les traces d'un mystère à élucider. Pourtant, dans la vraie vie, il n'était membre d'aucun clan. Ou peut-être d'un clan composé d'un seul adepte. Ses camarades de classe le raillaient en permanence et lui faisait subir toutes sortes de brimades. Un enfant différent vit difficilement l'épreuve de l'école. Et encore, à l'époque, les réseaux sociaux n'existaient pas. « Il n'est pas très sociable » disait l'institutrice à sa mère, effarée de l'isolement de son fils.

Josselin, l'arcade déformée par le vol plané dans le pare-brise, se remémore le jour où il avait apporté un recueil de poèmes dans son cartable. Il avait prévu de le sortir à la récréation. Il s'agissait de textes courts qu'il aurait le temps de parcourir lors de l'interclasse, pause pendant laquelle les autres élèves préféraient jouer au foot, à l'élastique et diverses activités ludiques. Alors qu'il s'était installé sur une marche, le livre entre les mains, trois enfants de sa classe l'avaient entouré.

— Toi, t'es trop bizarre, avait dit le plus costaud. Tu devrais pas être ici, t'es la honte de la classe.

— Déjà, Josselin, c'est pas un prénom. Ou bien pour un chien, peut-être.

Ils avaient éclaté de rire à la blague de la petite fille. Émilie. Il se rappelait parfaitement de son prénom. Il s'agissait d'une fille bête comme ses pieds, mais l'une des vedettes de la cour de récré. Elle était toujours suivie par une ribambelle de groupies.

— Laissez-moi tranquille, avait-il répliqué en se levant pour s'éloigner de ce groupe d'indésirables qui perturbait sa lecture.

— Pas si vite. Les gars comme toi, on les aime pas, avait ajouté un troisième. Espèce de mongole !

Josselin avait tenté de leur échapper, mais le costaud avait attrapé son bras et saisi le livre.

— Hé ! Regardez ça ! Il lit des poèmes, ce morveux, s'était-il moqué.

Josselin avait essayé de récupérer son recueil, mais les enfants se le balançaient et s'amusaient à le voir courir après. À chaque lancer, un éclat de rire.

Josselin avait tenté d'imaginer ce que ferait Fantômette dans la même situation. Elle était douée pour trouver des subterfuges et venger les innocents. Aucune idée ne lui était venue à l'esprit, malheureusement. Les enfants poursuivaient leur manège, cachés de la vue des instituteurs absorbés par la surveillance de l'autre partie de la cour. Émilie avait alors couru vers les toilettes de l'école, le livre à la main. Il l'avait poursuivie bousculant au passage une enfant qui jouait à la marelle. Tous les quatre s'étaient retrouvés dans les sanitaires des filles. Les box fermés par des portes en bois avaient l'allure d'un bagne. Maintenu par les trois garçons, il avait vu, bouleversé, la petite fille déchirer les pages du livre qu'il n'avait pas encore terminé et les jeter l'une après l'autre dans la cuvette des WC. Lorsque ses camarades l'avaient relâché, il s'était approché du toilette, les larmes aux yeux, sous les rires des trois enfants.

— Ça lui apprendra à faire sa mauviette !

Une bouffée de colère l'avait envahi. Ils n'avaient pas le droit. Josselin demandait seulement qu'on lui fiche la paix. Il s'était alors tourné vers eux les poings serrés. Saisi d'une soudaine pulsion de haine, il avait bousculé le plus costaud des enfants qui avait chuté au sol. La riposte n'avait pas tardé. Ils lui étaient tous tombés dessus, le ruant de coups. Il ne s'était pas laissé faire et en avait asséné quelques-uns également, galvanisé par sa fureur. Alertés par les cris, les adultes étaient intervenus peu de temps après et les avaient séparés.

Bilan des courses : des points de suture à l'arcade, convocation de ses parents, punition et remboursement du livre à la bibliothèque. Un sentiment profond d'injustice tenaillait Josselin depuis l'enfance, en particulier depuis ce jour où ses camarades avaient déchiré les pages de son livre, gratuitement, dans l'unique but de le blesser. Devenu adulte, il s'est promis de toujours s'entourer de personnes bienveillantes et qu'à défaut, mieux valait rester tout seul. Ce covoiturage l'avait toutefois réuni avec deux individus dont il sentait la générosité. Son arcade avait de nouveau souffert, mais les blessures les plus profondes ne sont jamais celles du corps, songe-t-il en passant le doigt sur son sourcil enflé.

La voiture repart. J'observe Josselin à travers le miroir du pare-soleil. Il ne semble pas affecté d'avoir été défiguré et ne se plaint pas de sa blessure. Il admire la route un sourire sur les lèvres. J'avoue me sentir soulagée. S'il avait eu besoin d'être recousu, on aurait dû le conduire à l'hôpital, ça aurait pris des plombes. Les gens qui ne se lamentent pas sur leur sort sont rares et cet homme-là semble en faire partie. Il aurait pu couvrir Léo de reproches pendant le reste du trajet. D'autres passagers ne se seraient pas gênés. Moi la première. A la place, Josselin reste dans la lune. Pire : il ne semble même pas contrarié par l'incident.

Après quelques kilomètres de route, la conversation reprend, à l'initiative de notre boute-en-train en chef. La mésaventure de l'arcade sourcilière n'ayant pas eu de conséquence dramatique, nous en discutons avec légèreté.

— Je pensais faire croire à Marianne que je voulais pas d'elle dans le covoiturage. Les ressources humaines, c'est particulier. Le prends pas mal, hein, Marianne. Moi, je préfère dire les ressources inhumaines !

Les deux hommes s'esclaffent à la blague de Léo. Un rire tonitruant s'échappe des lèvres de ce dernier. Josselin pleure de rire tout en grimaçant sous l'effet de la plaie restée sensible. Leur gaieté me tire également un sourire.

— Heureusement que je ne crains pas le sang !

— Tu m'étonnes, avec ton métier, ce serait pas cool.

La remarque de Léo attise ma curiosité, même si je crains d'entendre la réponse. Il serait serial killer que cela ne m'étonnerait pas plus que ça.

— C'est quoi ton métier Josselin ?

— Je suis infirmier.

— Ah, c'est un beau métier.

— En psychiatrie.

Silence dans la voiture. Je ne suis guère surprise. Ce gars-là ne peut pas travailler dans un milieu ordinaire. Impossible. On voit bien que quelque chose ne tourne pas rond chez lui. Il se marre alors qu'il a échappé de peu à un grave accident et reste la moitié du temps dans ses rêveries. Je cherche une phrase intelligente à lui répondre.

— Oui, ça ne m'étonne pas. Enfin, je veux dire... Tu as l'air d'être quelqu'un de très patient et empathique.

— Merci, ma belle, répond Josselin, vivifié par mes propos. Mais bon, il faut pas être trop empathique dans ce milieu, sinon, on devient aussi cinglé que les patients.

Les deux hommes explosent à nouveau d'un rire tapageur. Ils ne peuvent s'arrêter et je suis moi aussi gagnée par leur allégresse. Très clairement, nous trois aurions notre place dans un hôpital psychiatrique. Les joues creusées de Léo ainsi que ses cernes noirs témoignent d'une consommation régulière, et probablement excessive, de toxiques. L'attitude perchée de Josselin pourrait conduire à penser qu'il est effectivement peut-être aussi atteint que les patients qu'il prend en charge. Pour ma part, je connais de fréquents épisodes dépressifs qui me vaudraient un petit internement sous contrainte si j'étais davantage entourée de personnes soucieuses de ma santé. Pourtant, nous sommes libres. Et le pire de tout : nous sommes ensemble et nous nous esclaffons après que Léo a failli tuer Josselin en le faisant passer à travers le pare-brise.

Je m'amuse à les voir se tordre et l'euphorie présente dans la voiture me gagne également. Il y a bien longtemps que je n'ai pas ri ainsi. Je n'en ai pas tellement l'occasion en même temps. Ça fait du bien de relâcher un peu la pression. Je me crée sans cesse du stress. Je me fixe des objectifs impossibles à atteindre et parviens difficilement à me satisfaire de mes réussites. Ces deux mecs-là ne sont pas stressés. Ils ne se pourrissent pas la vie avec des broutilles au moins. Je ne les envie pas pour autant, soyons raisonnables. Mais ils me changent les idées. Je reprends peu à peu mon sérieux et observe le paysage derrière la vitre. Nous avons rejoint l'autoroute terne et sinueuse. Peu de véhicules circulent. On ne devrait pas mettre trop de temps à rentrer. Tant mieux. Je suis exténuée de ma journée. L'entretien puis l'accident m'ont obligée à puiser dans mes réserves de patience et de compréhension. Par ailleurs, il faut bien avouer que les compagnons du siège arrière à côté de moi ne m'aident pas à me détendre. Je me demande à nouveau qui peut bien avoir du plaisir à élever des rats. Il ne s'agit pas d'un animal de compagnie banal. Ils ont de grandes dents, une queue longue et épaisse. Leur maîtresse les laisse-t-elle lui faire des câlins ? Cette seule pensée me donne des frissons. Malgré moi, je tourne mon regard vers la cage.

L'image qui s'offre à mes yeux me glace le sang. La cage est toujours sur le siège. Les rats sont toujours silencieux et invisibles. Mais la petite trappe leur permettant de sortir est entrouverte.

— Oh putain ! Arrête-toi ! Les rats sont dans la bagnole ! Arrête la voiture !

— Hein ?

Je hurle à nouveau de stopper le véhicule et me recroqueville sur moi-même, terrorisée. Je sens les battements de mon cœur dans mes tempes et mes mains moites sont crispées sur mes genoux.

— Arrrrêttttte j'te dis !

— Mais je vais pas m'arrêter sur l'autoroute ! proteste Léo.

— Marianne, on n'a pas le choix, il faut attendre de parvenir à une aire d'autoroute. C'est trop dangereux sur la bande d'arrêt d'urgence.

Josselin me regarde avec compassion. Paralysée sur le siège, je serre mes genoux contre ma poitrine. Des tremblements incontrôlables me secouent. Ils peuvent être n'importe où. Sur la plage arrière, dans le coffre, sous un siège, dans mon sac à main. Ils sont peut-être même collés à moi. Je regarde partout et tente d'apercevoir un œil vif et brillant, prêt à bondir. À tout moment, ils peuvent me sauter à la figure, me mordre, rentrer dans mes vêtements. Quel cauchemar ! Je ne parviens pas à les trouver. En tout cas, ils ne semblent pas se situer à proximité immédiate de mon corps.

— T'inquiète pas Marianne, ils sont gentils. Ils font même des câlins parfois, tente de me rassurer Léo.

J'aperçois son regard dans le rétroviseur. Il ne semble pas bouleversé par la situation.

— Ta gueule, roule.

— Ils doivent être restés dans la cage, suggère Josselin.

— Ce sont des animaux très sensibles, s'ils sentent que tu as peur, ils vont peut-être venir te voir gentiment.

Il ne peut pas se taire, cet imbécile ? La dernière chose que je souhaite, c'est qu'un rat vienne me câliner pour me montrer à quel point ma phobie est irrationnelle. Je transpire abondamment. Une sueur froide qui me congèle sur place.

— La prochaine aire est à dix kilomètres, précise Léo.

— Dix kilomètres ! Oh, putain.

— Attends Marianne, n'aies pas peur. Je vais vérifier si les rats sont dans la cage.

Je les entends murmurer entre eux des mots inaudibles. Ils peuvent bien penser ce qu'ils veulent, je ne suis pas tarée. C'est normal de craindre les rongeurs, surtout quand ils sont tapis dans l'ombre à l'intérieur d'une voiture. Je reste figée à ma place, les poils hérissés, pendant que Josselin détache sa ceinture (je me garderais bien de le lui reprocher) et passe à l'arrière du véhicule. Il s'installe entre la cage et moi, et jette un œil à l'intérieur.

— Je ne les vois pas. La porte a dû s'ouvrir quand t'as freiné tout à l'heure, Léo.

— Ma sœur va me tuer si on les retrouve pas. C'est comme ses enfants.

— JE vais te tuer si on ne les retrouve pas et qu'on doit finir le trajet avec deux rats en liberté dans la voiture.

Ce n'est pas possible d'avoir autant la poisse. La prochaine fois, je prendrai le train, même si ça doit me coûter une fortune.

— Ça va aller, susurre Josselin.

Il attrape ma main et la serre pour me réconforter. J'aurais bien voulu lui dire de garder pour lui sa condescendance. Je ne suis pas une gamine à consoler. Je n'ai toutefois pas la répartie nécessaire pour l'envoyer balader, lui et son œil au beurre noir. Toutes mes facultés cognitives s'envolent pour me laisser entre les mains de ces illuminés et de leurs odieux animaux de compagnie. Merci La Rochelle !

***

Nous parvenons, enfin, à la station d'autoroute. Léo gare la voiture sur le parking réservé aux véhicules légers. À peine arrêtés, je me jette hors de la Fiesta avec toute l'énergie que je parviens à réunir. Ma sortie est tellement précipitée que je me prends les pieds dans le bas de caisse et réalise un vol plané digne d'une cascade de film d'action. Je m'affale de tout mon long et mon menton s'écrase sur le sol en bitume. Ni une, ni deux, je me relève et m'éloigne de la voiture et des rats. Les deux garçons sont nettement moins pressés. Josselin sort du véhicule et s'étire comme s'il sortait d'une longue nuit de sommeil. Léo semble toutefois plus soucieux. Sa responsabilité était de ramener les rats à leur maîtresse, et dans leur cage, pas noyés au milieu d'un amas de sacs et de valises. Les deux hommes commencent par fouiller l'habitacle du véhicule en prenant soin de fermer les portières pour éviter une échappée incontrôlée des deux rongeurs en pleine nature. Je m'écarte encore davantage de la Fiesta. Sait-on jamais, je ne voudrais pas me retrouver sur le chemin des fuyards. Ils prospectent sous les sièges, dans la boîte à gants et les vide-poches. Ils soulèvent les tapis. R.A.S. Léo pose ses mains sur ses hanches, sceptique, et se résout à ouvrir le coffre.

Josselin et lui vident entièrement le contenu de la voiture et posent les bagages au sol. La plage arrière est également démontée. Mais aucune trace des rongeurs. Ils semblent s'être envolés. J'aurais préféré qu'on les retrouve. Au moins, dans leur cage, ils sont enfermés. Enfin, en théorie. Mais cette fois, je me serais assurée que la trappe est bien verrouillée. Malgré le dépeçage de la voiture, les deux rats demeurent introuvables. Après vingt minutes de fouille minutieuse, il faut se rendre à l'évidence : ils se sont enfuis. À la bonne heure ! L'épisode de recherche m'a permis de retrouver mon calme, et la disparition des rats, ma sérénité. Je me rapproche de mes covoitureurs.

Léo s'assoit sur le sol et se prend la tête dans les mains. Il semble tellement dépité qu'il me fait un peu de peine. Je lance un regard interrogateur à Josselin.

— Ils ont dû s'échapper de la voiture après l'accident quand tu es sortie chercher des mouchoirs dans le coffre, m'explique-t-il.

Il a raison. Je me rappelle avoir délibérément laissé la portière ouverte pour éviter que Léo ne redémarre sans moi. Mieux vaut garder cette information pour moi. Cela ne change rien à l'histoire de toute façon.

— Mince, c'est pas de chance, me lamenté-je faussement. En même temps, si la trappe avait été bien fermée, ils ne seraient pas partis...

— Je foire tout ce que je fais, bredouille Léo. Je suis une catastrophe ambulante. C'est tout le temps comme ça.

— Ce n'est pas de ta faute Léo, le réconforté-je. Vraiment, tu n'y es pour rien.

— C'est vrai, renchérit Josselin. Tu as tout fait pour prendre soin d'eux.

— Je dois prévenir ma sœur. Elle va être anéantie.

— Tu ne préfères pas attendre d'être arrivé au Mans ?

Ce serait le mieux à faire, on perdrait moins de temps. J'aimerais quand même bien rentrer chez moi à un moment donné.

— Le temps est un facteur crucial dans les disparitions. Mieux vaut agir vite.

— Vu comme ça...

Il se relève et sort son téléphone de sa poche. Après un long soupir, il pianote sur l'écran et lance l'appel.

— Allô, Juliette ? bégaye-t-il. C'est moi. Non... Oui... Non, c'est pas ça... Il s'est passé un drame. Oui... C'est Obiwan et Kenobi. Ils ont disparu... Non... Je sais pas... La trappe s'est ouverte... Oui...

L'air navré de Léo ne me laisse pas indifférente. Je ne pensais pas que l'incident le bouleverserait autant. En même temps, ce n'est pas réellement de ma faute... Il fait les cent pas tandis qu'il échange avec sa sœur.

— Je m'en veux tellement. Je suis désolé. Je sais pas comment faire pour rattraper le coup. Oui... Oui... Oui, c'est une bonne idée. Nan, c'est sûr, on a vidé toute la voiture. J'ai même vérifié dans le pot d'échappement. Ils sont nul part... Non...

Après une conversation d'une dizaine de minutes, Léo raccroche et nous rejoint.

— Elle va mettre une annonce sur *Pet Alert*. On espère que quelqu'un les reconnaîtra. Elle a de belles photos d'eux. Deux portraits où on les voit bien. De vrais bouts de chou. Pourvu qu'on les retrouve sains et saufs !

— C'est une bonne idée ça ! juge Josselin en hochant la tête, les yeux dans le vague. Il ne faudrait pas qu'ils fassent une mauvaise rencontre.

— Mon Dieu, rien que d'y penser, j'ai la chair de poule ! Il y a des tarés dans ce monde.

À qui le dis-tu mon vieux, pensé-je.

— Croisons les doigts, ajoute-t-il en joignant les mains en l'air.

Le drame, digne d'une tragédie shakespearienne, étant terminé, je décide de profiter de notre halte pour passer aux sanitaires. Les deux garçons préfèrent fumer une cigarette. Je déteste les toilettes des aires d'autoroute. C'est crade, ça pue et le distributeur de savon est à chaque fois vide. Je suis toutefois agréablement surprise en découvrant le sol carrelé et l'odeur de désinfectant. Le personnel de la station doit passer régulièrement pour nettoyer. J'appuie sur le smiley vert de la borne d'évaluation de la satisfaction située à côté de la porte. Mon reflet dans le miroir m'arrache un soupir désespéré. La chute au pied de la voiture a laissé quelques traces. Je lave au robinet mes paumes de main éraflées et passe de l'eau sur mon menton en sang. J'attrape un morceau d'essuie-tout que je mouille et frotte sur mes genoux. J'aurai sûrement deux belles croûtes à cet endroit-là, aussi, demain. Vivement que je rentre chez moi. Je suis au bout du rouleau.

Je retrouve les deux acolytes à côté du véhicule. Ils ont remis à leur place l'ensemble des bagages et des tapis. Nous sommes prêts à repartir.
— Ça vous dérange si je vais me chercher un café vite fait ? demande Léo.

Forcément, il ne pouvait pas y penser avant de fumer sa cigarette. Au moins, il ne s'est pas tourné vers la bouteille de rhum. On progresse... Je lui souris gentiment.
— Bien sûr que non. Vas-y. On t'attend, ajouté-je avec un clin d'œil.

Léo se dirige prestement vers l'entrée de la station.
— Le pauvre, c'est terrible. Je n'ose même pas imaginer comment je me sentirais si je perdais mes petits cousins sur la route.

Josselin a l'air sincèrement attristé. Ces deux-là sont vraiment des extravagants. Deux paumés qui n'ont pas intégré l'ensemble des normes sociales. Mais pour une raison obscure, leur simplicité et leur empathie me touche.
— Je ne suis pas certaine qu'on puisse comparer des enfants à des rats. Pour autant, c'est vrai que ça fait mal au cœur de le voir aussi mal.
— Il faudrait essayer de le réconforter pendant le reste du trajet.
— Oui, on peut tenter de le distraire.
— Je vais lui raconter des anecdotes de mon boulot, ça fait toujours rire les gens.

— J'avoue que je ne suis pas très douée pour raconter des blagues ou faire rire les gens.

— Tu n'as qu'à rester naturelle, me suggère Josselin. Tu le feras beaucoup rire.

En l'entendant, je me dis qu'il est vraiment gonflé. Je ne vois pas ce qu'il y a de risible en moi. Je suis bien tout ce qu'il peut exister de plus normal et banal.

— Tu peux lui raconter ce que tu fais dans ton travail, comme moi, ajoute-t-il. Je suis certain que ça l'amusera. Tu sais, comment tu vires des gens, comment tu...

— Oui, oui. C'est bon, j'ai compris, l'interromps-je.

— C'est étrange, le crépuscule, ajoute-t-il, sans transition. On a l'impression de renaître à chaque coucher de soleil.

Malgré la longueur des journées à cette période de l'année, le jour commence en effet à décliner. J'aurais toutefois aimé détenir la capacité de Josselin à voir les choses avec autant de poésie.

— Si je pouvais renaître dans le corps d'une personne qui a un meilleur karma, ça m'arrangerait bien.

— Tu es trop négative, Marianne. Si tu n'apprécies pas ta chance, qui va le faire à ta place ?

Je m'apprête à lui répondre qu'il n'en sait rien, lui, de la chance que j'ai ou pas, quand Léo sort en trombe de la station d'autoroute et réalise un sprint jusqu'à la voiture.

— Hé ! Les mecs, on a un problème.

Il est à bout de souffle en arrivant à nos côtés. Je l'observe, suspicieuse. Que lui est-il arrivé encore ? Il s'est embrouillé avec le gérant de la station ? Il a essayé de piquer un Mars ? Il a tabassé un gars ? Il a trouvé les rats pendus dans les chiottes ? Tout est possible avec eux...

— Qu'est-ce qu'il se passe encore ?

— Je me rappelais plus. On a oublié de récupérer une passagère.

— Hein ?! Mais comment t'as pu oublier qu'il y avait un autre covoitureur ?

Je le dévisage, ahurie par les facultés extraordinaires de ce type à créer des problèmes.

— J'ai loupé la sortie. C'est l'histoire de la fugue des rats, ça m'a chamboulé !

— La fugue ou le rapt, précise Josselin, on ne sait pas encore.

— Allez, vite ! On trace.

Nous remontons précipitamment dans le véhicule et attachons nos ceintures (oui, oui). Léo démarre à toute vitesse et prend la direction dont nous venons.

Décidément, je ne suis pas prête de me coucher.

5. Marche arrière

Au volant de son bolide, Léo tente de rattraper son retard et appuie sur la pédale de l'accélérateur. Il n'a pas eu le temps d'avaler son café. La dernière passagère lui est revenue soudainement à l'esprit alors qu'il observait, médusé, les choix proposés sur l'écran de la machine à boisson. *C'est moderne maintenant, ces trucs-là*, a-t-il pensé. Avant, les machines des stations d'autoroute se réduisaient à un simple bouton pour doser le sucre avant de se voir délivrer un jus de chaussette infâme. Là, c'était du haut de gamme. Les photos alléchantes, tout en couleurs, rendaient le choix difficile. Pour une raison obscure, la vue d'un *macchiato* lui avait rappelé qu'il lui restait une covoitureuse à récupérer. Peut-être aimait-elle le café au lait. Quoi qu'il en soit, la vérification sur l'appli ne laissait aucun doute. Ils avaient dépassé la ville du lieu de rendez-vous. Il fallait faire marche arrière prestement. Léo se félicite d'avoir choisi le covoiturage pour effectuer son trajet. Parfois, il hésite par crainte de tomber sur des personnes ennuyeuses. Cette fois, c'est différent. Sans le soutien de ses deux passagers, il aurait sombré dans une profonde déprime en découvrant que les rats s'étaient enfuis. Il aurait eu des difficultés à repartir. Heureusement pour lui, songe-t-il, Josselin et Marianne sont compréhensifs et soutenants. Bon, elle, elle est un peu pète-sec, c'est vrai. Mais il ne lui manque pas grand-chose pour se décoincer. Et lui, quel bonheur ! Il est calme et rassurant. Pas étonnant qu'il travaille au service des fous. Et il s'intéresse à tout ce mec, incroyable.

Il faut dire que c'est agréable d'être bien entouré. Léo apprécie sa chance alors que la route défile à toute vitesse sous ses yeux. Il a souvent été seul dans les moments difficiles. Ces dernières années surtout. Bien sûr, il a un tas de potes qui passent dans sa vie sans y laisser de trace. Il y a toujours quelqu'un prêt à s'enfiler une bière le soir en sa compagnie. Le matin aussi d'ailleurs. Mais on ne peut pas non plus dire que ce soit des gens très fiables. Et Léo aurait bien eu besoin de davantage de personnes comme Josselin et Marianne autour de lui. Quand il avait acheté sa maison, par exemple. Il rêvait depuis plusieurs années d'avoir son chez-lui, de l'aménager à son goût. Une belle cuisine, une belle salle de bain, un grand séjour, un jardin pour les apéros. Et le rêve était presque devenu réalité. Il travaillait depuis qu'il avait raté son bac, ça faisait plus de vingt ans. Le temps passe vite ! Il avait toujours réussi à squatter à droite à gauche pendant les périodes compliquées. Ses boulots au black le week-end lui avaient permis de mettre suffisamment d'argent de côté pour disposer d'un petit pécule. Bien sûr, acheter en ville restait inenvisageable. Hors de prix. Il fallait aussi oublier les maisons neuves. Quand il avait visité la petite bicoque en pleine cambrousse, son cœur avait bondi dans sa poitrine. C'était elle, aucune autre. Elle était à l'abandon depuis plusieurs années et il fallait tout refaire. La plomberie, l'électricité, les sols, les murs, tout. Mais le charme de la pierre et des poutres était bien plus convaincant que quelques travaux. Hélas ! Il n'avait pas conscience des ennuis à venir.

Il avait commencé par vider le mobilier qui traînait dans la baraque. Ça en avait fait des allers-retours à la déchetterie ! À cette époque, les potes étaient encore présents. Ils lui avaient filé un bon coup de main. Mais retaper une maison n'est pas une mince affaire, ça ne se fait pas en un week-end. Et les problèmes étaient rapidement apparus. Il avait commencé par faire tomber plusieurs murs pour créer une grande pièce de vie. Ça aurait de la gueule, une fois terminé. Dans son enthousiasme, il n'avait pas réalisé qu'il s'était attaqué à un mur porteur. La maison avait bien failli s'effondrer. Ça avait été tout un bordel après. Il avait fallu obtenir des autorisations, faire intervenir un spécialiste. Une partie du budget y était passée. Il se débrouillait pour les petits travaux, mais pour couler la dalle et poser le placo, il n'avait pas eu le choix. Les potes n'étaient plus dispos. Ou plutôt, ils avaient déjà eu leur dose. Il avait fallu trouver un mec compétent pour ce genre de gros travaux. Pas évident. Dans le bâtiment, les gars ont du boulot à revendre. Il avait quand même rencontré un type qui touchait un peu à tout. Il lui filait un billet. Plusieurs billets, en réalité. Et les travaux avaient pu commencer. Mais il y avait eu cette histoire de mérule. Une vraie saloperie. Ça vous bouffe toute une baraque. Il n'avait pas fait attention aux tâches marron en achetant la maison. Toutefois, le verdict était sans appel. Il fallait faire intervenir un spécialiste pour éradiquer le champignon. Là encore, il y avait laissé un bras. Mais il n'avait pas l'intention de se laisser faire ! Il n'était pas responsable sur ce coup-là. Il s'était fait avoir par le vendeur. Il devait bien exister des lois qui le protègent. Marianne pourrait peut-être le conseiller. Dans les ressources humaines, ils connaissent bien le droit. Et ce sont de vrais acharnés. Oui, il lui demandera comment s'y prendre quand elle sera un peu plus détendue.

Il avait ensuite voulu poser des doubles vitrages. Les économies d'énergie, c'est important. Et il s'agissait d'un investissement à long terme. À nouveau, pas de chance. L'entreprise avait fait faillite avant la livraison, mais après l'encaissement de son chèque. Ils auraient pu l'avertir quand même. Ça le foutait carrément dans la merde. Il allait devoir refaire un emprunt pour poursuivre les travaux. Et encore, si le boulot avait été fait correctement... Or, le carrelage sonnait creux à de multiples endroits et les murs de placo avaient commencé à se fissurer. Le mec qui touchait à tout touchait surtout à rien. Il faudrait tout refaire pour que ce soit propre.

Léo soupire en songeant aux épreuves qui l'attendent. Son petit coin de paradis ne sera pas pour demain. À ce jour, il vit dans une baraque vérolée par la mérule, fissurée, avec de vieilles fenêtres et des bâches en plastique accrochées un peu partout. Ça va, c'est l'été, se rassure-t-il. Il n'y a pas besoin de chauffage. Et on s'habitue à se laver à l'eau froide. Il faudrait malgré tout régler ce problème de cumulus d'ici l'automne. Tous ceux qui l'avaient incité à acheter la maison avaient disparu.

Ils étaient trop occupés pour lui filer un coup de main. Ses parents avaient refusé de lui prêter de l'argent. Il s'y attendait un peu. Mais qui ne tente rien n'a rien. Il devra bosser deux fois plus pour payer le cumulus.

On n'a pas toujours la chance d'être bien entouré. Alors, même si c'est seulement le temps d'un covoiturage, il faut savoir apprécier la compagnie des personnes agréables qui se trouvent à nos côtés. Il jette un œil dans le rétro. Marianne, les lèvres pincées semble contrariée de revenir en arrière. Elle a une vilaine marque au menton. Au moins, elle ne hurle plus. Josselin n'a pas l'air perturbé. Il est, comme à son habitude, souriant et charmant.

— Il faudrait peut-être prévenir la personne qu'on a du retard, non ? Histoire de la rassurer, suggéré-je peu de temps après notre départ.

Ma remarque tire Léo de ses pensées. Il n'a pas l'air de se sentir coupable à l'idée d'avoir oublié une passagère et ne se préoccupe pas réellement de son sort. Je me demande même comment il a réussi à me récupérer avec seulement trente minutes de retard. Ce type est l'archétype même de la désorganisation. Tout ce qui m'agace au quotidien.

— Si je m'arrête, on sera encore plus en retard.

— Attends, je vais l'appeler, propose Josselin.

— À quelle heure est-ce que tu devais la retrouver ?

— Je sais plus, je suis un peu perdu dans le temps, là.

Je lève les yeux au ciel.

— Il y a une heure environ je crois, poursuit-il. Peut-être une heure et demie.

— Et elle ne t'a pas appelé ?

Cela me semble étrange. Elle attend un covoiturage depuis une heure trente et ça ne la questionne pas ? Léo a dû mettre son portable en silencieux ou n'a pas entendu la sonnerie. Ou bien elle a annulé son covoiturage, ce qui veut dire qu'on roule pour rien en sens inverse.

— Nan, elle doit se douter qu'on est en retard.

— Ça m'étonne un peu...

— Josselin, t'as qu'à lui dire qu'on est là dans une minute pour la rassurer.

— Euh... Mieux vaudrait dire la vérité, on lui doit bien ça, protesté-je.

— C'est seulement à quinze bornes d'ici, je vais appuyer un peu sur le champignon.

Mon Dieu, pensé-je, en vérifiant que ma ceinture est bien attachée. Josselin recherche les coordonnées de la passagère dans l'application mobile et porte le téléphone à son oreille.

— Bonsoir, Rose-Marie... Ah, Marie-Rose, pardon. Je suis Josselin. J'appelle pour le covoiturage. (...) Non, c'est Léo qui conduit (...) Oui, tout à fait.

Il explose de rire avant de poursuivre la conversation. Je ne sais pas si la dernière passagère est une originale elle aussi, mais le fait qu'elle s'amuse avec Josselin alors qu'on a plus d'une heure de retard sur l'horaire prévu n'est pas de très bonne augure.

— On a eu un petit souci, un accident (...). Non, rien de grave, tout le monde va bien. On sera là dans cinq minutes (....) Oui... Oui... Non (...). Attends, je vais noter. Non, j'ai rien pour noter. Léo, tu peux noter ce que je te dicte.

— Je suis au volant, mec.

— Dis-moi, lui proposé-je en soupirant et sortant mon téléphone de mon sac à main.

— Alors, en arrivant à la sortie, il faut continuer sur quatre kilomètres tout droit. Ensuite, on prend à droite au rond-point, et il y a une route à gauche. La deuxième à gauche. Non, la troisième...

— On peut pas mettre une adresse dans le GPS ? le coupé-je en entendant la série d'instructions.

— La troisième, et ensuite, c'est un petit chemin sur lequel il faut continuer sur un kilomètre. C'est bon Marianne ? T'as noté ?

— Ouais, ouais, j'ai noté.

— Parfait ! s'écrie Josselin dans le téléphone. À tout de suite.

Il raccroche, le sourire aux lèvres.

— Elle a l'air super cette femme. On a trop de chance aujourd'hui !

Je préfère ignorer cette ineptie. Honnêtement, qui, à ma place, s'enthousiasmerait et s'estimerait chanceux ?

— Ça a l'air de nous emmener super loin de l'autoroute. T'as accepté un détour, Léo ? demandé-je.

— Bien sûr. Le but du covoiturage, c'est de rendre service.

Absolument pas. Le but du covoiturage, c'est de limiter les frais. Et accessoirement d'adopter une démarche écologique. Et encore plus accessoirement, de faire des rencontres intéressantes.

— Je suis d'accord, approuve Josselin. Ceux qui pensent autrement peuvent prendre le train.

Merci, j'y songerai, me dis-je. Les deux garçons s'esclaffent et m'épient dans le rétroviseur. J'ai bien conscience que c'est un pic à mon intention, mais leur rire est communicatif et je dois me retenir de sourire en sentant leurs regards amusés sur moi.

Léo prend la sortie indiquée et poursuit sur la route qui nous conduit en pleine campagne. Je comprends rapidement la raison pour laquelle le GPS est inutile : mon portable ne reçoit plus de réseau dans ce patelin. J'ai beau avoir noté scrupuleusement les indications données par la fameuse Marie-Rose, nous ne parvenons pas à trouver le lieu de rendez-vous. Nous finissons au beau milieu d'une impasse et devons reprendre le trajet depuis la sortie d'autoroute. La nuit tombante ne nous facilite pas la tâche. Nous recommençons du départ. Tout droit pendant quatre kilomètres. Jusqu'ici, ça va. Puis la première sortie au rond-point.

— C'est ici, la route à gauche ! crié-je à Léo en pointant un embranchement dans l'obscurité.

— Bien ouéj Marianne, on était passés à côté la première fois.

— C'est un drôle d'endroit pour un rendez-vous covoiturage, souligne Josselin.

Pour une fois, je suis bien d'accord avec lui. Quelle idée d'aller dans un tel coin paumé. Ça ne me ferait pas rêver pour des vacances, encore moins pour y habiter. Ni même pour un court week-end. Seules quelques maisons se dressent le long de la rue. Pas un boulanger, pas un commerce. Un vrai trou. Qui trouve plaisir à vivre dans ces campagnes éloignées de tout ? La première ville digne de ce nom doit se situer à au moins trente bornes. En attendant, cela ne facilite pas notre affaire. Nous tournons déjà depuis un bon moment quand nous tombons enfin sur le fameux petit chemin. Je ne suis même pas certaine de pouvoir appeler cela un chemin. La voiture s'enfonce dans un sentier envahi de mauvaises herbes. Le sol en terre est parsemé de caillasses et de trous béants et nous sommes bringuebalés dans la Fiesta qui peine à se frayer un passage parmi les ronces. Je me cramponne au siège devant moi pour éviter de me cogner contre la portière.

— Tu es sûre qu'on es sur la bonne route ? me demande Léo.

— On a suivi les instructions. Mais y'a pas un chat par là. On s'est peut-être encore trompés.

— On devrait faire demi-tour et retourner chercher du réseau près de l'autoroute pour redemander le chemin, suggère Josselin.

— Hors de question, m'exclamé-je. Ça fait déjà une demie-heure qu'on cherche, si on retourne là-bas, on va perdre, encore, je sais pas combien de temps et elle nous donnera sûrement les mêmes indications.

Léo continue encore une centaine de mètres durant lesquels je me félicite de ne pas avoir avalé quoi que ce soit à la station, car mon estomac ne l'aurait probablement pas encaissé.

— Ici ! crie Josselin en montrant du doigt une silhouette.

— Elle est là ! confirme Léo.

— Alléluia...

Léo approche de la femme et lance plusieurs coups de klaxon victorieux.

— Ce n'était pas indispensable, il n'y a personne à part nous ici, dis-je exaspérée.

— C'est pour lui souhaiter la bienvenue, au moins, elle sait que son chauffeur est là.

Le dernière passagère patiente calmement sur le bord du chemin. Léo a allumé ses phares et nous la distinguons clairement au milieu du champ. Il s'agit d'une femme d'une cinquantaine d'années de style classique. Elle porte une longue robe beige, un gilet qui recouvre ses bras et des chaussure noires dotées d'un épais talon. Ses cheveux grisonnants sont rassemblés en une longue queue de cheval. Une petite valise à roulette est posée à ses pieds. En l'apercevant, je me dis qu'elle dénote parmi la joyeuse troupe qu'elle s'apprête à rejoindre. Un large sourire inonde son visage.

— Hello Rose-Marie ! C'est ton covoiturage ! Ramène-toi ! hurle Léo en passant la tête par la fenêtre de la voiture.

Quel culot ! Je ne me serais pas permis une telle familiarité avec une dame de cet âge. Elle ne semble néanmoins pas troublée par l'interpellation dont elle fait l'objet. Au moins, notre conducteur semble avoir retrouvé sa bonne humeur et surmonté l'épreuve de la disparition des rats de sa sœur. Cela soulage un peu ma conscience. Je ne suis pas tranquille à l'idée d'avoir eu une responsabilité dans cette affaire.

— Bonsoir messieurs-dames. C'est la première fois que je voyage en covoiturage, je ne connais pas bien les conventions.

Pas sûr que ce trajet lui donne un aperçu réaliste des règles du covoiturage. En tout cas, elle a l'air normale et équilibrée et ne semble pas avoir consommé quoi que ce soit d'illicite. Une passagère classique ! Je vais me sentir moins seule. Je n'aurais pas supporté un énergumène supplémentaire.

— Par contre, c'est Marie-Rose, pas Rose-Marie. J'y tiens, précise-t-elle en levant le doigt en l'air pour insister sur ses propos.

— Excuse-moi, dit Léo, les prénoms et moi, ça fait deux. Attends, je t'aide à ranger la valise.

Léo sort du véhicule, ouvre le coffre dans lequel il installe le bagage et indique à Marie-Rose de s'asseoir à mes côtés, à l'arrière.

— Enchantée !

— Bonsoir, je suis Josselin, dit celui-ci en se retournant. Infirmier psychiatrique et covoitureur amateur.

— Heureuse de vous rencontrer en chair et en os après ce bref échange téléphonique.

— Marianne, me présenté-je en lui souriant.

— Dis, Marie-Rose, qu'est-ce que tu fous dans ce bled ? Ça fout la trouille dans le noir à cette heure, demande Léo.

— En théorie, il ne devait pas faire nuit à l'horaire prévu pour le covoiturage, jeune homme.

Et paf ! Il ne l'a pas vue venir celle-là.

— Et c'est le seul point du village où je capte le réseau sur le téléphone, ajoute-t-elle. Je voulais rester joignable au cas où.

— C'est un vrai parcours du combattant pour te trouver, constate Josselin. Qu'est-ce qui t'a amené ici ?

— Je suis venue passer quelques jours en compagnie d'autres religieuses. L'abbaye se trouve à côté d'ici.

Une bonne sœur... Forcément, il fallait que la dernière passagère ait un petit brin d'originalité elle aussi.

Alors que nous reprenons notre route, la voiture effectue les mêmes envolées sur le chemin de terre. Je croise les doigts pour qu'elle résiste aux attaques des pierres, des herbages et des renfoncements. Il ne manquerait plus qu'on crève un pneu ici et c'est le pompon. Lorsqu'on rejoint la route principale, Léo donne plusieurs coups sur le tableau de bord.

— Bravo ma chiotte ! Je suis fier de toi.

— Je devrais m'acheter la même voiture, pense Josselin tout haut. C'est un vrai 4x4.

— Tu as souvent l'occasion de faire du tout-terrain ? le raillé-je gentiment.

— Je m'autoriserais à en faire si j'avais une voiture aussi résistante. Je viendrais même rendre visite à Marie-Rose ici si elle le souhaite.

— C'est très aimable. Mais tu sais, mon grand, ma vie est plutôt tournée vers le silence que vers le divertissement.

— C'est une drôle d'idée. C'est en échangeant avec les autres qu'on progresse intellectuellement, commente Josselin.

— Ah... Tu n'as pas tout à fait tort. Mais la voix de Dieu ne s'entend que dans le silence.

— Vous êtes religieuse depuis combien de temps ? demandé-je.

— Plus de trente ans. Et au sein de la même communauté.

Nous nous exclamons tous en chœur. Léo est ébahi.

— Trente ans ! Sans parler ! Impossible pour moi.

— On n'est pas muettes en permanence, s'esclaffe Marie-Rose. La preuve, je discute avec vous.

— C'est vrai. Vous ne risquez pas des ennuis en voyageant avec nous ? demande Josselin.

Le simple fait de mettre un pied dans cette voiture l'expose à de graves ennuis, en effet. Du genre, voir un rat surgir de nulle part, passer à travers le pare-brise ou s'esquinter le menton. D'ailleurs, je me demande bien où Léo avait prévu d'installer la cage une fois que nous serions au complet. Entre nous deux, peut-être, collée contre moi. Rien que d'y penser, j'en ai la chair de poule. Heureusement que les bestioles se sont barrées.

— Je ne vis pas recluse en permanence, je fais des activités à l'extérieur du couvent. J'aide dans une association une fois par semaine. Et de temps en temps, je viens ici, dans cette abbaye. C'est très calme. J'y trouve beaucoup de sérénité en compagnie des autres sœurs.

— Ce n'est pas trop difficile comme vie ? Je pourrais pas, je crois, précise Léo. Quoi que, parfois, je reste plusieurs jours sans voir personne. Mais je parle tout seul, c'est un peu comme si j'avais de la compagnie.

— Ce n'est pas facile, mais je suis heureuse.

Je n'ai pas grandi dans une famille croyante. Je me rends à l'église uniquement pour les mariages et les enterrements. Cependant, je comprends que la vie monastique puisse convenir à certaines personnes.

— Tu n'as pas d'amoureux alors, conclut Josselin. Ça doit être compliqué.

— Personnellement, c'est la vie dans l'abstinence qui me ferait fuir, ajouté-je, consciente que cette réplique divertirait mes camarades.

— Arfff ! Impensable, confirme Léo.

Une expression catastrophée apparaît sur son visage à cette pensée. Il se tape le front bruyamment et lâche le volant d'une main. La voiture fait un écart sur la chaussée.

— J'ai bien imaginé faire une retraite spirituelle dans un monastère, pour retrouver la paix avec moi-même, ajoute Josselin. Il n'y a pas mieux comme lieu. Mais y vivre durablement, sans sentir contre moi le corps chaud d'une femme en quête de sauvagerie, ce serait une torture.

J'imagine mal ladite sauvagerie venant d'un homme aussi calme et perché. Mieux vaut ne pas y songer.

— C'est un sacrifice à accepter, ajoute la religieuse d'un ton calme.

Un silence gagne la voiture. Je sens que chacun est en quête d'une bêtise à sortir.

— Tu sais Rose-Marie...

— Marie-Rose, corrigé-je Léo.

— Oui, Marie-Rose, nous, on est des hommes généreux. Si tu lui demandes gentiment, Josselin peut t'aider à passer outre ce sacrifice pour te faire vivre un instant de grâce unique, dit-il en donnant un coup de coude à son voisin.

Nous explosons tous de rire, y compris Marie-Rose, qui semble avoir suffisamment d'humour pour ne pas s'offusquer de la remarque déplacée de Léo.

— Arrête, tu me fais passer pour un homme facile, s'indigne Josselin. Et si on était perdus sur une île déserte, excuse-moi Marie-Rose, mais je choisirais probablement Marianne.

— Ne t'excuse pas, jeune homme. Tu es libre de livrer ta fougue à celle qui te convient. Mais choisis-la bien !

Je ne suis pas certaine de m'amuser longtemps de cet échange. La tournure prise par la conversation, que j'ai moi-même lancée, m'embarrasse légèrement. Josselin se retourne et me sourit. Malgré la nuit, il porte toujours ses grandes lunettes de soleil.

— T'en penses quoi, ma belle ?
— J'en pense que je vais réfléchir au couvent.

Un nouvel éclat de rire collectif retentit dans le véhicule. Ma réponse amuse beaucoup Marie-Rose qui, manifestement, n'a rien d'une ingénue.

Nous rejoignons la voix expresse et reprenons la route que, selon moi, nous n'aurions jamais dû quitter. Il est près de 22 heures, j'étais supposée arriver chez moi il y a plus d'une heure. Je soupire et me remémore un vieux proverbe de ma grand-mère. Mieux vaut faire contre mauvaise fortune bon cœur. De toute façon, personne ne m'attend et je ne suis pas réellement pressée. Alors autant savourer les échanges croustillants avec mes compagnons d'infortune.

— Qui est-ce qui t'a convaincue de devenir bonne sœur ? questionne Léo.
— Personne, voyons ! C'était une évidence, une révélation.
— Mais ça t'est venu comment ? insiste Josselin.
— Mes parents étaient éleveurs. Nous avions des vaches à la ferme. Mes frères, sœurs et moi-même devions participer. C'est normal d'aider ses parents. Et un jour, en allant à la traite, j'ai eu une révélation. J'ai croisé le regard de la vache, j'ai senti que je voulais une autre vie. C'est comme une fulgurance qui te traverse sans que tu ne puisses en comprendre l'origine.
— Tu n'as jamais eu d'amoureux avant ?

Cette question doit tracasser Josselin pour qu'il revienne ainsi à la charge.

— Plus ou moins.

— Comment ça ? demandé-je, moi aussi interpellée par cette réponse laconique.

— Disons qu'entre cousins, ces choses-là ne se font pas. Il valait mieux pour moi penser à autre chose.

— Attends, attends ! s'insurge Léo. Tu es en train de nous dire que ton seul mec dans ta vie était de ta famille ?

Il manque de s'étrangler. Au moins, il n'a pas pilé comme lorsque je lui ai dit que je travaillais dans les ressources humaines.

— L'amour ne se contrôle pas, jeune homme ! s'indigne Marie-Rose, piquée par la question.

Elle se tient raide sur son siège, la tête droite et les lèvres pincées. Oups... Sujet sensible.

— Et après, pendant toutes ces années, t'as jamais eu envie de... Tu vois quoi. Une fois de temps en temps ?

— Arrête un peu, Josselin, l'interromps-je. Tout le monde n'est pas gouverné par ses pulsions. Tu ferais bien de prendre exemple.

Il grommelle des propos que je ne parviens pas à distinguer et allonge son siège, prêt à faire une sieste. Il n'est pas gêné ! Moi aussi, j'aimerais bien dormir et je ne me permets pas pour autant.

Durant les kilomètres suivants, Léo nous explique qu'il a acheté une maison à la campagne. Il aime la tranquillité et le calme. C'est un peu comme son couvent à lui, sauf qu'il vit plus comme un ermite alcoolique que comme un moine. Cela dit, son achat ressemble à une sacrée pétaudière. Il a, semble-t-il, enchaîné les déconvenues. En l'entendant, je me dis qu'il faudra que je fasse attention à ne pas me faire arnaquer lorsque j'investirai dans un appartement. Enfin, on y est pas. Il va falloir trouver un job en premier lieu et c'est pas gagné.

— Tu saurais pas ce que je peux faire, Marianne ?
— Ben... nan. Comment je saurais ?
— T'as l'air maligne et tu dois t'y connaître en procédures.

Je ne sais pas pour quelle raison il s'imagine que je maîtrise le droit de l'immobilier. J'ai du mal à suivre ce type dans ses élucubrations.

— Je peux pas t'aider là, désolée. Essaye de consulter un avocat.
— Ouais...

Nous enchaînons les kilomètres sans qu'aucune catastrophe ne se produise. Le trajet est si calme que c'en est déroutant. Soudain, Josselin, plongé dans les bras de Morphée depuis une dizaine de minutes, se réveille en sursaut sur son siège. Il pousse un cri et agrippe l'épaule de Léo.

— Putain, j'ai fait un cauchemar !
— Ça va, mec ?
— Vision d'horreur. J'ai rêvé que je n'avais pas dîné ce soir.

Effectivement, nous n'avons pas mangé lors de notre arrêt à la station.

Décidément, aujourd'hui, les cauchemars deviennent réalité.

6. Le dîner

Marie-Rose avait longtemps hésité avant de réserver sa place de covoiturage. Elle aurait très bien pu opter pour le train, fiable et sûr. La prieure avait d'ailleurs tenté de la convaincre en ce sens.

— Vous ne savez pas sur qui vous pouvez tomber, Ma sœur. Et vous ne trouverez jamais personne pour venir jusqu'ici alors que nous avons la chance d'avoir une gare à cinq kilomètres.

Sur le fond, elle avait raison. Cependant, pour s'en assurer, Marie-Rose s'était installée derrière l'ordinateur mis à la disposition des religieuses et s'était inscrite sur *BlaBlaCar*, manœuvre d'une simplicité enfantine ! Elle avait beaucoup progressé depuis qu'elle avait réalisé la formation informatique auprès de la mairie. Les autres sœurs avaient également essayé de la dissuader à l'époque.

— L'informatique, ça ne sert pas à grand chose.
— Tu perdras ton temps.
— Il y a de ces horreurs sur internet !

Comme toujours, Marie-Rose avait suivi son instinct. La curiosité est l'un de ses petits travers. Il ne s'agit pas d'une curiosité malsaine, pas du tout. Plutôt d'une envie de découvrir ce qu'elle ne connaît pas et de mieux comprendre le monde qui l'entoure. Armée de ses nouvelles compétences informatiques, Marie-Rose avait donc rapidement compris le fonctionnement du site et trouvé un covoiturage qui passait près du prieuré. *Quelle chance !* avait-elle pensé, en découvrant le trajet proposé. Elle avait envoyé un mail au conducteur, car, maintenant, elle avait aussi sa propre adresse mail, et celui-ci lui avait répondu aussitôt qu'il était d'accord pour venir la récupérer dans le village. Ce serait très intéressant comme expérience. Elle aurait la chance de rencontrer d'autres voyageurs qui mènent chacun une vie différente. Ce serait même passionnant.

Vivre au sein d'une communauté religieuse n'était pas évident, surtout quand on est doté d'un sens de la curiosité aiguisé. Pourtant, pas une seconde Marie-Rose ne regrettait le choix réalisé plus de trente années auparavant. Elle n'avait jamais été comprise par sa famille. En entrant au couvent, elle avait, en quelque sorte, bafoué leur confiance en refusant la maternité. Ses parents avaient mis plus d'un an avant d'accepter de venir lui rendre visite. Cela avait d'autant plus facilité son intégration. Lorsqu'elle avait prononcé ses vœux, ils avaient fini par se rendre à l'évidence : elle était heureuse dans sa nouvelle vie aux côtés de Dieu. Bien davantage qu'elle ne l'aurait été aux côtés de n'importe quel homme.

Il était bien plus simple de dire à tout le monde que Lionel était son cousin. Au moins, personne ne posait de question sur la raison qui l'avait conduite à préférer Dieu à son premier amour. Comme les unions entre cousins font partie des interdits de la société, il apparaît aisément compréhensible qu'elle ait renoncé à cette relation. Quoi que, elle avait entendu dire que, dans certaines familles, cela se faisait. Il n'était, en réalité, qu'un cousin très éloigné.

Leurs arrière-grands-parents étaient frères et sœurs. Leur lien de parenté était donc suffisamment distant pour leur autoriser un amour sain et sincère.

    Lionel avait toutes les qualités attendues d'un garçon. Il était travailleur et courageux. Lui aussi aidait ses parents à la ferme. Il valait mieux que ce soit ainsi, car lorsqu'il n'avait pas été suffisamment rapide dans l'exécution de ses tâches, il recevait de son père deux belles torgnoles qui lui passaient l'envie de recommencer. Ils s'étaient rencontrés à l'adolescence lors d'un mariage. C'était presque un signe. Ils connaissaient vaguement les futurs époux, mais avaient surtout fait connaissance l'un avec l'autre. C'était un jour mémorable. Tout les conduisait à passer leur vie ensemble. Ils n'avaient que des points communs. La vie à la ferme, une éducation rude, l'amour de la campagne et la foi. Il faisait une heure de marche pour venir la retrouver, même en hiver. Il arrivait alors trempé jusqu'aux os. Souvent, il lui offrait un petit cadeau. Un bouquet de fleurs qu'il avait cueillies sur la route en choisissant soigneusement les plus belles. Ou bien un fromage de la ferme. Marie-Rose s'émouvait de sa simplicité et de sa gentillesse. Elle appréciait chaque instant passé à ses côtés. Lorsqu'il l'avait embrassée pour la première fois, elle avait senti son cœur s'emballer. Bien qu'ils se connaissent depuis plusieurs années, son audace l'avait surprise et elle avait même savouré cet instant charmant. Et puis, il l'avait caressé de plus en plus souvent, la serrant contre lui. Il lui disait qu'elle était belle, que c'était la femme de sa vie. Elle était charmée par son regard enjôleur et se laissait faire docilement.

Malgré le bonheur qu'elle ressentait à ses côtés, Marie-Rose demeurait indécise. Maintenant qu'ils étaient majeurs, ils auraient très bien pu se marier et s'installer ensemble. Leurs parents s'enthousiasmaient à cette idée. Il s'agissait du mariage idéal. Ils seraient restés dans la région, auraient même pu reprendre la ferme des parents de Lionel parce que ses frères et sœurs étaient partis en ville. Tout était écrit d'avance. Pourtant, elle hésitait. L'appel de Jésus résonnait fort en elle depuis ce jour où elle avait eu cette révélation extraordinaire. Et les années qui passaient ne lui permettaient pas de réaliser un choix clair. Tourmentée entre son devoir et son souhait de se consacrer intégralement à une vie religieuse, elle dormait peu et se réveillait au milieu de la nuit, en sueur, prise par les remords à l'idée de faire souffrir son fiancé et sa famille. Elle n'avait pas le courage de partager ses doutes et demeurait en attente. En attente d'elle-même.

Jusqu'au jour où Lionel avait fait sa déclaration. Il l'avait emmenée dans l'étable où il avait disposé de petits pétales de fleurs roses au milieu de la paille. C'était tellement romantique. Marie-Rose avait failli succomber en le voyant à genoux, la bague de mariage de sa grand-mère tendue vers elle. Mais elle ne pouvait pas nier son désir pour une autre vie. Lorsqu'il lui avait demandé de l'épouser, elle s'était lancée.

— Je... je ne sais pas, Lionel.

— Comment ça, tu ne sais pas ? avait-il demandé, abasourdi par cette réponse inattendue.

— Ce n'est pas vis-à-vis de toi. C'est moi.

— Je comprends rien.

— Je ne sais pas si je veux me marier.

— Mais ! On se connaît par cœur ! Tu sais que je serai un mari loyal.

Manifestement, il ne la connaissait pas si bien que cela, car il n'avait jamais senti les doutes qui l'assaillaient en permanence.

— Je pense aller vivre au couvent.

La nouvelle l'avait estomaqué. La bouche ouverte et les yeux exorbités, il avait tenté de digérer les propos de Marie-Rose qui s'apprêtait à l'abandonner.

— Au couvent ?

— J'aurais dû t'en parler plus tôt, mais... je n'y arrivais pas. Je ne veux pas te faire souffrir.

— Mais que vont penser nos parents ?

— Je sais que c'est compliqué. Je n'y peux rien. Je sens que c'est ma voie.

— Et comment je vais faire, moi ? Sans femme ?

Il s'était relevé et avait lancé la bague dans l'étable. Son visage était devenu rouge et sa respiration haletante.

— Vraiment, je suis désolée...

Lionel s'était alors rapproché d'elle, furieux. Son regard n'était plus tendre et affectueux. Il était noir et menaçant, si bien que Marie-Rose avait reculé.

— Tu me prends vraiment pour un con. Depuis tout ce temps, avait-il soufflé hargneux.

— Non, je ne voulais pas te mentir...

Marie-Rose s'était sentie coupable pour sa lâcheté. Elle reculait toujours devant l'homme qu'elle n'avait jamais vu dans un tel état auparavant. Il avait attrapé son bras et secoué en hurlant.

— Tu crois vraiment que tu peux me prendre pour un con comme ça !

— Lionel, tu me fais peur.

— Ben, tant mieux, avait-il craché en la bousculant.

Elle était tombée au sol. Par chance, la paille avait amorti sa chute. Cependant, Lionel ne comptait pas s'arrêter là. Il s'était allongé sur elle et l'avait embrassée de force. Elle avait tenté de le repousser, en vain. Costaud et bien plus fort qu'elle, il la dominait de tout son poids.

— Arrête Lionel ! l'avait-elle imploré.

— On va voir qui de Dieu ou moi, tu préfères.

Il avait soulevé sa robe, indifférent à ses supplications. Marie-Rose ne se rappelait plus si elle avait crié, si elle l'avait frappé, si elle avait tenté de lui échapper. Elle se souvenait uniquement des prières qu'elle avait prononcées silencieusement pour appeler à l'aide. Une fois son affaire terminée, il s'était relevé et avait fermé son pantalon. Il avait quitté l'étable sans lui adresser un regard.

Marie-Rose détestait le mensonge. Mais si Lionel était son cousin aux yeux des autres, on ne lui demandait aucune explication. L'affreuse vérité était restée son secret. À elle. Et à Dieu.

*
**

— Putain, j'ai fait un cauchemar !

Le réveil en sursaut de Josselin tire Marie-Rose de ses sombres souvenirs.

— Vision d'horreur. J'ai rêvé que j'avais pas dîné ce soir.

Je tourne la tête vers ma voisine dont les sourcils sont froncés. Peut-être se dit-elle la même chose que moi : que ça ne sent pas bon, qu'on va encore devoir s'arrêter et qu'on finira par rentrer au milieu de la nuit si ça continue.

— C'est pas une vision d'horreur, Josselin, rétorqué-je. On n'a pas encore mangé et on devrait pouvoir tenir jusqu'à la fin du trajet.

— C'est pour ça que je me sens aussi faible, se plaint-il.

— J'avoue que je suis également en hypoglycémie.

Léo se passe la main sur le ventre et, comme un fait du sort, un bruyant gargouillement s'en échappe. Ils vont finir par me rendre dingue. Je lance un regard suppliant à Marie-Rose pour qu'elle me vienne en aide.

— C'est vrai qu'il se fait tard. Il doit être au moins 22 heures. Je ne suis pas opposée à l'idée de dîner quelque part si cela peut vous faire plaisir.

Si elle me lâche elle aussi, on est mal partis.

— J'avoue que j'engloutirais bien un bon petit repas, renchérit Léo égayé à cette idée.

— Il nous reste que trois-quart d'heure de route, franchement, vous pouvez pas tenir jusque-là ?

Ma question, teintée de désespoir, ne me satisfait pas. J'aurais dû y mettre un peu plus de conviction.

Ne pas leur laisser le choix. On va jusqu'au bout, un point, c'est tout.

— Vous pouvez le faire, allez, un peu de résistance ne fait de mal à personne, ajouté-je.

— Le problème, quand je suis affamé, c'est que je perds en concentration, précise Léo. Depuis tout à l'heure, j'essaye de fermer un œil et de mettre toute mon énergie pour ouvrir à fond le deuxième. Mais je vois moins bien, forcément !

OK, je suis vaincue. Si le mec n'arrive pas à ouvrir les deux yeux parce qu'il a faim, c'est plié. On va éviter un deuxième accident parce que, sur l'autoroute, c'est pas certain qu'on s'en sorte uniquement avec une arcade éraflée.

— C'est bon, on peut manger si vous voulez. On a qu'à s'arrêter à la prochaine station service.

— Pour avaler un sandwich triangle inbouffable à 10 euros ? Non merci ! conteste Josselin. J'aime encore mieux jeûner ce soir. Je me rapprocherai un peu du Christ, ajoute-t-il en souriant à Marie-Rose.

— On peut manger dans un resto routier, dans un patelin au bord de l'autoroute. Ce serait plus sympa. C'est pas cher et c'est bon en général, suggère Léo.

Je soupire. Ils ne veulent pas seulement manger. Ils désirent un repas digne de ce nom. Un sandwich n'est pas assez bien pour ces messieurs qui estiment mériter bien mieux.

— Il y a des repas chauds souvent dans les stations, des petites boulangeries, parfois même un self. Je suis sûre que tu trouveras ton bonheur, insisté-je.

— Sauf que si c'est pas le cas, on sera obligés de repartir et de trouver un autre endroit. Et on perdra encore plus de temps. Enfin, je dis ça, je dis rien... glisse Léo, plus habile dans la négociation que ce que j'aurais pensé.

— Je n'ai jamais mangé dans un routier, remarque innocemment Marie-Rose.

Je n'y crois pas. Ils se sont tous ligués contre moi. C'est foutu. Je capitule. La vision de ma couette réconfortante s'éloigne à mesure qu'on s'en approche. Cette journée catastrophique ne s'arrêtera jamais.

— OK pour le resto routier.

Tous les trois applaudissent gaiement ma reddition, enjoués à l'idée d'un bon repas.

— Regarde sur les panneaux Léo. Quand y'a des restos dans un village, y'a un symbole affiché à la sortie.

— T'as raison, mec. Aidez-moi à regarder parce que dans la nuit, je vois les panneaux au dernier moment. Je voudrais pas faire une embardée pour prendre la sortie au dernier moment.

Ce serait mieux, en effet. Décidée à éviter la fameuse embardée, je tente de déchiffrer les panneaux de l'autoroute. Mes lunettes sont toutefois restées dans mon sac, lui-même dans le coffre. Je n'y vois absolument rien dans la nuit. Je dois donc me reposer sur mes camarades de route. Marie-Rose, installée à l'arrière avec moi, ne discerne pas mieux que moi les pancartes. Nous roulons donc plusieurs kilomètres sans trouver la moindre indication quant à l'existence d'un lieu où se restaurer à proximité. Je reprends espoir. Avec de la chance, nous arriverons au Mans sans avoir trouvé.

— Vous savez, au Mans, y'a plein de restos sympas. Ce sera mieux si vous voulez manger.

— Ce serait cool de manger ensemble quand même, objecte Josselin.

— On va prendre une sortie au hasard, on trouvera bien un endroit, décide Léo.

Avant même que nous n'ayons pu répondre, il se dirige vers l'embranchement qui nous fait quitter la voie rapide. Nous arrivons au milieu de nulle part.

— Prends à gauche, au rond-point, y'a plusieurs villes indiquées, on aura plus de chances, suggère Josselin.

Pour une fois, il n'a pas tort. Après quelques minutes, nous apercevons des éclairages, signes de l'existence d'un village sur notre route. Malgré nos tentatives pour déceler un endroit où nous arrêter, nous ne trouvons toutefois rien. Seules de rares maisons bordent la route déserte.

— On va continuer encore un peu, on tombera bien sur une petite ville, s'encourage Léo.

Le problème des restaurants routiers, c'est qu'ils sont situés sur des axes routiers comme leur nom l'indique, pas dans des bourgades le long de l'autoroute. Dès que nous apercevons de la lumière, nous scrutons la bâtisse avec espoir. Mais nous ne trouvons que des épiceries de nuit et des bars. Après vingt minutes de recherches infructueuses, nous choisissons finalement de nous tourner vers un troquet qui proposera certainement des plats simples.

— On pourrait essayer ici, dis-je en tendant le doigt vers ma droite.

Le bar affiche un triste "Chez Dédé" dont certaines lettres ne sont plus illuminées. Les autres passagers, passablement déprimés par nos vaines tentatives, retrouvent espoir.

— Niquel ! s'enthousiasme Léo.

— Tu as l'œil, ma belle, me félicite Josselin.

— Je ne me rappelle pas avoir déjà mangé dans ce genre d'endroit. Ce sera une découverte, ajoute Marie-Rose. On en vit des choses palpitantes en covoiturage !

La pauvre, si elle savait ce que j'ai enduré les quatre dernières heures, elle bannirait probablement *BlaBlaCar* de son navigateur internet.

— T'as qu'à t'arrêter devant, on en a pas pour très longtemps, et y'a pas de circulation à cette heure, lui proposé-je.

— T'es folle ! J'ai pas envie de retrouver mon rétro arraché. Y'a bien un parking pas loin.

Nous trouvons un endroit où stationner la Fiesta à une centaine de mètres du bar. Plutôt qu'un parking, il s'agit d'un espace en terre d'une largeur suffisante pour garer le véhicule sans crainte.

Léo s'étire et baille après être descendu de la voiture. À le voir, on pourrait croire qu'il vient d'avaler dix heures de route. Je soupire en l'observant. Mais les visages réjouis de mes compagnons de voyage effacent ma mauvaise humeur. La perspective du repas est finalement assez attractive, car je n'ai, moi non plus, rien avalé depuis le midi. Alors, autant apprécier le positif et essayer d'oublier mon lit.

※

Nous choisissons d'emporter le minimum avec nous, à savoir de quoi payer et nos téléphones. Il ne doit pas y avoir beaucoup de voleurs dans ce bled. Je laisse donc mon sac de voyage dans le coffre et vérifie que Léo ferme quand même bien le véhicule à clef.

— La route m'a vraiment mis en appétit, dit Josselin en se frottant le ventre.

— Grave, confirme Léo.

— C'est vrai que ça ne fera pas de mal d'avaler un truc, admets-je.

— Je savais bien qu'on arriverait à déteindre sur toi Marianne, me taquine Josselin.

— Dieu m'en préserve ! protesté-je en riant.

Nous nous esclaffons en rejoignant l'entrée du troquet. Dégourdir nos jambes nous permet de regagner un peu de vivacité. Nous imaginons déjà ce qui nous attend à l'intérieur.

— Je crois que je vais me faire un burger bien gras, salive Léo, la cigarette à la bouche.

— Ce petit restaurant a l'air très convivial, souligne Marie-Rose le regard tourné vers le bar.

— Hé, Rose-Marie, c'est pas tous les jours que tu pourras manger dans un bar avec de joyeux lurons, s'amuse Josselin, lui aussi une clope au bec.

— Marie-Rose... rectifié-je, désespérée.

Nous patientons avec les deux hommes pendant qu'ils terminent leur cigarette. L'air s'est légèrement rafraîchi, mais la chaleur reste présente et nous nous passons sans difficulté d'un gilet. Lorsque nous poussons la porte et entrons dans le bar, nous réalisons qu'un simple tee-shirt est presque de trop. Il doit faire au moins trente-cinq degrés là-dedans. Plusieurs têtes surprises se tournent vers nous. Les clients, probablement des habitués, nous dévisagent avec curiosité. J'imagine qu'ils ne voient pas souvent débarquer des étrangers, dont la moitié est blessée, à une heure pareille. Que des hommes... Je ne m'y serais pas arrêtée toute seule, c'est certain.

— Est-ce possible de dîner ? demandé-je au patron.

Debout derrière son bar, il essuie un verre avec un torchon.

— J'avais prévu de fermer d'ici dix minutes. Mais vous trouverez rien d'autre à cette heure-là. Je peux faire une exception. Asseyez-vous où vous voulez.

— Merci, le remercié-je, soulagée.

Le choix de la table donne lieu à un débat intense. Le centre de la salle ? La petite table au coin ? La table haute avec les tabourets ? Relativement indifférente à cette question qui semble cruciale à mes trois compères, je me rends aux toilettes. J'évite soigneusement de regarder mon reflet dans le miroir, cette fois. Je ne dois pas avoir l'air plus fringante qu'à la station où nous nous sommes arrêtés quelques heures plus tôt. Finalement, je ne résiste pas à un petit coup d'œil. Ouais... pas glorieux tout ça. Heureusement, je ne connais personne ici.

Lorsque je retourne dans la salle, ils ont finalement opté pour une table à côté de la fenêtre qu'ils ont ouverte en grand. Plusieurs insectes, attirés par la lumière, volent autour d'eux.

Le patron apporte une carte plastifiée dont les quatre coins se désagrègent. Il reste à nos côtés pour prendre notre commande tandis que nous jetons rapidement un œil au menu. Léo et Marie-Rose optent pour une saucisse-frites, et je choisis un croque-monsieur. Cependant, Josselin examine la carte les sourcils froncés et ne parvient pas à se décider.

— Les frites, je les digère mal et comme il nous reste encore un peu de route, je préfère ne pas prendre le risque. Je ne voudrais pas nous forcer à un arrêt en urgence sur l'autoroute, ajoute-t-il amusé.

Marie-Rose explose de rire.

— Tu es très spirituel, jeune homme.

J'aurais également rigolé si je n'avais pas la certitude que le gars est sérieux quand il dit qu'il va gerber s'il mange des frites.

— Ça me fait envie pourtant...

— Un conseil Josselin, choisis une voie sûre.

Il relève la tête, surpris.

— La voix de la sagesse a parlé. Pas de frites, dit-il en se plongeant à nouveau dans le menu.

Nous patientons pendant qu'il fait son choix. Je jette un œil au patron qui fixe Josselin, médusé. Il s'agit d'un homme d'une cinquantaine d'années, légèrement enrobé. Ses cheveux grisonnants contrastent avec sa moustache noire. Je me demande s'il est possible de faire des colorations des poils du visage, car cette différence de teinte est vraiment surprenante. Je le vois taper nerveusement du pied, le carnet de commandes à la main.

— Alors ?

— Excusez-moi, monsieur, est-ce que vous pourriez revenir dans cinq minutes ? Le temps que je décide. J'ai des difficultés à me concentrer quand on me met la pression.

Le patron s'éloigne de notre table en soupirant. Je lève les yeux au ciel.

— Bon sang, il n'y a que trois plats à la carte, si tu ne veux pas de frites, prends une salade !

Ce type est exaspérant. Rien n'est jamais simple avec ces deux-là. Il est capable de rester avec le menu sous les yeux encore pendant une heure. On aura terminé de manger qu'il n'aura même pas commandé.

— T'as raison, je vais faire ça, excellente idée. Garçon ! crie-t-il en levant la main.

Le patron, qui nous avait laissés à peine trente secondes plus tôt, revient vers nous.

— La pression est retombée ? Vous avez choisi ? le raille-t-il gentiment.

— Tout à fait. Je vais prendre une salade.

— On a plus que de la salade océane, ça ira ?

— C'est absolument parfait ! s'écrie-t-il.

Ouf. On a eu chaud, il aurait encore pu changer d'avis. Nous observons le patron se diriger vers la cuisine située derrière le comptoir.

— Vous croyez que c'est lui qui prépare les repas ? demande Léo.

— Ça doit être sa femme, suppose Josselin.

— Et pourquoi ? nous exclamons-nous, Marie-Rose et moi.

Nous échangeons un coup d'œil complice. Jamais je n'aurais pensé faire alliance avec une bonne sœur sur des questions féministes.

— En tout cas, c'est une superbe moustache qu'il a là, enchaîne Léo.

— Vous pensez qu'elle est naturelle ? chuchoté-je.

— Ça existe les perruques pour moustache ? s'étonne Josselin.

— Non, je me demandais si elle est colorée, parce qu'elle est bien noire comparée à ses cheveux.

Mes trois compagnons se retournent pour examiner le patron derrière le comptoir. Ce dernier nous lance un regard interrogateur.

— Il vous faut autre chose ?

— Non, répond Josselin. On admirait votre bar.

— Ah... lâche-t-il, en nous dévisageant, méfiant.

— T'as raison, murmure Marie-Rose, ce doit être une perruque. Une perruque labiale.

Nous nous tordons de rire. Si le patron n'a pas remarqué que nous nous moquons de lui, c'est qu'il est aveugle. J'espère qu'il ne se vexera pas et nous apportera, malgré tout, des plats mangeables. En dehors de nous, il ne reste que deux clients assis au comptoir. Ils boivent ce qui ressemble fort à une célèbre boisson anisée. Quelques minutes plus tard, notre dîner nous est apporté. Les assiettes regorgent d'aliments dont la vue me met en appétit.

— Ouah, ça en jette ! s'émerveille Léo.

— C'est vrai que pour le prix, j'aurais pas cru, dois-je reconnaître.

— Une belle salade bien garnie !

— Quelle chance que vous m'ayez amenée ici, se félicite Marie-Rose.

— *Amen* et bon appétit tout le monde !

Sur ces belles paroles de Léo, nous nous lançons dans l'ingurgitation de ce repas que j'estime bien mérité. S'il est vrai qu'il en faut peu pour être heureux, nous incarnons à merveille cet adage en cet instant précis. La route et les émotions m'ont creusé l'estomac.

— Dis-moi, Josselin, lance Marie-Rose entre deux bouchées, infirmier psychiatrique, ce n'est pas anodin comme métier. Qu'est-ce qui t'a conduit sur cette voie ?

Josselin pose ses couverts et passe sa main dans ses cheveux bouclés. Il reste immobile quelques instants, les yeux dans le vague.

— Ça a été une révélation, lâche-t-il soudainement.

— Ah ouais ? demande Léo, la bouche pleine.

— Toi aussi, t'as croisé le regard d'un animal et une fulgurance t'a traversé ? ricané-je.

— Hum... C'est presque ça, oui, on peut dire.

— Tu veux m'expliquer ? Ça m'intéresse beaucoup, insiste Marie-Rose.

— Un jour, j'ai croisé un mec sur un pont. Il avait enjambé la rambarde et il était prêt à sauter. Il s'en est fallu de peu. Et j'ai compris, tout d'un coup, que mon devoir était d'aider les autres. Donc j'ai voulu devenir infirmier.

— Quelle horreur ! commenté-je.
— C'était pas ton cousin au moins ? plaisante Léo.
Nous rions tous les trois.
— Non, répond Josselin. C'était moi.

Nous nous arrêtons immédiatement. Je l'observe discrètement. Bien sûr, je ne trouve rien à dire. J'aurais aimé être en mesure de sortir un mot sage, réconfortant. Mais Josselin ne semble pas chagriné le moins du monde. Il engloutit sa salade avec plaisir et nous regarde en souriant.

— Faites pas cette tête-là, les gars. Je voulais pas casser l'ambiance.

Il est quand même déconcertant. J'ai toujours été soucieuse de mon apparence et de l'image que je renvoie. Je mets sans cesse un point d'honneur à me montrer forte face aux épreuves et à masquer mes faiblesses. Je ne supporte pas d'être traitée avec condescendance et ma meilleure arme est l'armure derrière laquelle je me retranche en permanence. Jamais je ne me serais ainsi confiée à des gens que je connais à peine. Et encore moins à ceux que je connais bien. Et ce type nous balance qu'il a voulu se foutre en l'air, à nous trois, des étrangers, sans aucune crainte d'être jugé. Il se montre tel qu'il est, avec simplicité et honnêteté, sans fioritures ni artifices. Sa spontanéité me trouble, autant que sa bizarrerie. J'en reste muette. Mes deux camarades également. Ils semblent touchés et émus de cette confession. Marie-Rose le couve du regard avec une affection sincère. Léo rompt le silence en premier.

— C'est parfois en aidant les autres qu'on se sauve soi-même dans ce monde, dit-il en posant sa main sur l'épaule de Josselin.

— C'est même la seule voie possible, confirme la religieuse.

La joyeuse troupe, devenue sage le temps d'un instant, termine son repas sur ces mots raisonnables. Mon assiette était tellement garnie que je ne parviens pas à la terminer. Josselin, tenté par la vue des frites restantes, picore discrètement, le sourire aux lèvres.

Décidément, ce n'est pas une journée comme les autres.

7. L'œdème

La vocation de Josselin n'avait surpris personne dans son entourage. Ses parents avaient accueilli la nouvelle, ravis de constater qu'il était parvenu à trouver sa voie et surtout une source de revenus fiable pour l'avenir. Ses amis l'avaient félicité et soutenu dans le choix de ce métier qui correspondait parfaitement à sa personnalité. Il avait donc passé le concours infirmier et réussi sans difficulté les épreuves. En tant que rare homme de sa promotion, il bénéficiait d'un statut d'honneur auprès de la gente féminine. Les cours l'intéressaient moyennement à l'époque. Il s'y rendait sans grand enthousiasme et écoutait distraitement ce que l'enseignant dévoilait à l'ensemble de l'amphithéâtre. Il avait néanmoins obtenu des notes correctes tout au long de ses trois années de formation. Les stages attiraient son attention bien davantage. Il avait eu l'occasion de découvrir plusieurs services : la médecine générale, la diabétologie, l'EHPAD et la cancérologie. Mais sans aucun doute possible, l'immersion au sein d'un hôpital de santé mentale avait recueilli son adhésion immédiate. Après une seule journée, il savait qu'il se consacrerait aux soins rendus aux patients atteints de troubles psychiatriques.

Il avait lu un jour dans un magazine « *On juge du degré de civilisation d'une société à la façon dont elle traite ses fous.* »[2] Un psychiatre dont il avait oublié le nom était à l'origine de cette citation. Ces mots l'avaient durablement marqué. Aujourd'hui encore, il sait à quel point les problématiques psychologiques tendent à isoler un individu. Mettre à l'écart ceux qu'on qualifie de fous et continuer à vivre paisiblement, c'est bien pratique. Cachés, ils n'ennuient plus personne. *Il est étrange de constater à quel point les gens ont un avis sur tout,* songe Josselin en grignotant les frites restantes, surtout sur les sujets auxquels ils n'y connaissent rien. Les psychopathologies sont des maladies comme les autres. Sauf qu'elles n'attirent pas la compassion. Le malade d'un cancer en phase terminale fait pleurer de tristesse. Le malade psychotique souffrant d'hallucinations fait pleurer de rire. Pour ces raisons, Josselin n'avait jamais douté de sa place au service de ceux dont la société ne veut pas ou qu'elle tolère tant qu'ils restent éloignés du commun des mortels, ceux qui ne sont pas « fous ». Il est clair que les trois covoitureurs qui l'accompagnent ne voient pas les choses ainsi. Ils sont spéciaux eux aussi. Léo est un homme sensible et empathique. Il comprend les choses sans même qu'on ait besoin de les lui expliquer. Marianne cache ses fragilités derrière une armure de froideur, mais elle reste en capacité de saisir, encore plus rapidement que Léo peut-être, les difficultés des uns et des autres. Et Marie-Rose ! Prête à se sacrifier pour son prochain, ça crève les

---

[2] Lucien BONNAFE, *Désaliéner ? Folie(s) et société(s)*, PU du Mirail, 1992.

yeux. Pour toutes ces raisons, Josselin se sent à l'aise en leur compagnie au point de révéler ses secrets.

Néanmoins, il en existe certains qu'il préfère garder pour lui. Non pas qu'il craigne de se sentir jugé, aucun risque avec ceux-là. Mais c'est plutôt le jugement par lui-même qu'il préfère éviter. Il demeure plus simple de placer dans un coin du cerveau les traumatismes auxquels on n'est pas en mesure de faire face. Pourtant, il est bien placé pour savoir que ce que l'on tente de refouler resurgit sans crier gare à un moment ou un autre. Il faudra, peut-être, quand même, qu'un jour, il se penche sur la question. Ce n'est pas rien d'assister à une tentative de meurtre et de ne rien faire pour l'éviter. C'est un souvenir qui reste, qui marque pour l'entièreté de la vie.

En même temps, le risque que cela se produise demeure élevé quand on travaille dans une unité pour malades difficiles. Il n'avait pas été contraint d'exercer là-bas, bien au contraire. Après quelques années d'expérience aux urgences psychiatriques et en addictologie, il avait souhaité aller plus loin. Il avait donc postulé dans ce nouveau service destiné à accueillir les patients atteints de pathologies graves, dangereux pour les autres autant que pour eux-mêmes. Il avait été recruté sans difficulté et avait rejoint, avec bonheur, ses nouveaux collègues. Pour la première fois, il intégrait une équipe essentiellement masculine, ce qui constituait un bouleversement dans sa carrière. Il travaillait en binôme avec Eric, un infirmier expérimenté qui avait décidé de mettre un peu de piment dans sa vie professionnelle. Il n'avait pas été déçu. Les patients se trouvaient dans une situation de détresse désolante. Psychotiques, psychopathes, schizophrènes, hystériques, il y avait vraiment tous profils de malades graves. La plupart d'entre eux étaient passés à l'acte dans le passé et avaient tenté de tuer une personne. Parfois, ils y étaient parvenus. Il fallait faire preuve d'une vigilance accrue en permanence. Josselin soupire en repensant à la fatigue qu'il avait accumulée à l'époque à se contenter de faire attention au moindre signal. C'était la compétence principale sur ce poste : la vigilance. Le reste était secondaire.

Et il était particulièrement attentif, bien que cela ne soit pas dans sa nature. Il ouvrait l'œil, dressait l'oreille, déployait ses narines en permanence. À l'affût du moindre signe, du moindre geste, de la moindre parole, il restait prêt à intervenir en cas de nécessité. Josselin se rappelle ce jour où, avec Eric, il avait organisé la distribution de médicaments. La tâche était sensible. Sans leur traitement, les patients devenaient très agités. Et on imagine bien ce que signifie « agité » pour un individu atteint de schizophrénie. Soudain, le bip de Josselin avait sonné. Il s'agissait de ces petites boîtes qu'ils accrochaient en permanence à leur ceinture. Un bouton SOS permettait d'appeler les collègues à la rescousse. Le boîtier était également équipé d'un dispositif de détection de position allongée. Eric avait pressé le bouton SOS. Josselin s'était alors rué vers la chambre 17. Il avait atteint le pas de la porte, hors d'haleine. Le regard d'Eric, les yeux exorbités sous l'effet de la strangulation, avait croisé le sien. Les mains du patient serraient le cou de son collègue et Josselin était resté paralysé devant la scène. Durant l'espace de plusieurs secondes, il n'avait pu bouger. Son corps refusait l'ordre donné par son cerveau. Lorsqu'un autre collègue était entré dans la chambre en bousculant Josselin, celui-ci était sorti de sa torpeur. À eux deux, ils avaient attrapé, plaqué au sol et contrôlé l'assaillant. Eric s'en était sorti indemne. Pas Josselin. Il avait repassé la scène en boucle dans son cerveau les jours suivants. Que se serait-il passé si le deuxième collègue n'était pas intervenu ? Aurait-il fini par réagir ? Ou aurait-il laissé Eric mourir sous ses yeux ? Ce dernier ne lui en voulait pas.

— Ce sont des choses qui arrivent, on le sait quand on prend ce type de poste. Et on réagit tous différemment devant une agression.

Josselin avait acquiescé, peu convaincu et rongé par la culpabilité. Dans les mois qui avaient suivi, plusieurs infirmiers avaient été victimes d'agressions de la part des patients. Chaque fois, le bip sonnait et il courait. Il n'avait jamais plus vécu cette sensation de paralysie face à l'horreur d'une telle scène. Tous les matins, il se répétait que, quoi qu'il arrive, il saurait intervenir sans hésiter. Cela lui évitait de repenser aux yeux révulsés d'Eric. Oui : quoi qu'il se passe, à l'avenir, il saurait intervenir face à une agression, sans paniquer.

*
**

Nous avons mangé bien mieux que ce que j'espérais. Le petit bar, qui ne paye pas de mine vu de l'extérieur, nous a offert un repas simple mais savoureux et copieux. Cette pause nous a tous régénérés. Le patron nous rejoint et nous propose un dessert. Je ne peux plus rien avaler, je risque d'exploser. Mes camarades semblent également rassasiés.

— On a un beau fondant au chocolat, spécialité du chef ! Vous ne serez pas déçus !

— J'aurais bien aimé, répond Léo d'un ton hésitant, mais honnêtement, si j'avale une bouchée de plus, je ne réussirai pas à appuyer sur l'accélérateur. Ni même sur la pédale de frein, s'esclaffe-t-il.

— Vous ne savez pas ce que vous loupez ! ajoute le patron en riant.

Afin d'achever le dîner comme il se doit, nous décidons tout de même de commander un café afin de ne pas nous endormir et de rester des compagnons agréables pour notre conducteur sur la fin du trajet. Josselin se gratte le cou à plusieurs reprises. Je tente de ne pas y prêter attention, mais à nouveau, il se gratte et passe nerveusement la main dans ses cheveux. L'histoire qu'il nous a racontée tout à l'heure l'a probablement perturbé davantage que ce qu'il n'y paraissait. Il a beau nous avoir dit que tout roule, je sens bien qu'il est troublé et agité. Le pauvre, quand même. Il regrette probablement nous avoir confié ses idées suicidaires. Si ça se trouve, il pense encore parfois à sauter du pont ! C'est peut-être un appel à l'aide. Je ne sais pas quoi lui dire, moi. Ce n'est pas facile, il faut me comprendre. Ce gars était un inconnu, il y a encore quelques heures. Je n'ai aucun moyen de l'aider. Je pourrais même faire plus de mal que de bien. Le voilà qui se gratte à nouveau. Mon Dieu. Marie-Rose saura probablement mieux trouver les mots que moi. Pourtant, Josselin semble détendu. Il nous regarde souriant.

— La femme de mon pote va avoir une petite fille, c'est pour bientôt, explique-t-il. Ils sont pas ensemble depuis longtemps, mais bon, si c'est leur choix, je suis content pour eux.

— Une fille, c'est mieux qu'un garçon. C'est plus sage, précise Léo.

— Ah oui ?

Marie-Rose et moi avons eu la même réaction. Encore... Je ne sais pas d'où il tire ça, sûrement pas de son expérience auprès des enfants. Josselin se frotte la nuque avec insistance.

— Ben oui, les garçons, c'est casse-couille, c'est le moment de le dire, s'amuse Léo. Ça fait que des conneries.

Josselin se gratte avec de plus en plus d'insistance. Quelque chose ne tourne pas rond.

— Ça va, mec ? demande Léo.

— Oui, pourquoi ?

— J'sais pas, t'as un truc rouge dans le cou.

— Oui, je sens que c'est chaud, j'ai dû prendre un coup de soleil ce matin.

Je le regarde, perplexe.

— En principe, la peau devient rouge rapidement après un coup de soleil, pas une dizaine d'heures plus tard, rétorqué-je.

— Ton bras est rouge aussi. Il ne l'était pas tout à l'heure quand on mangeait, ajoute Marie-Rose.

— Je... je me sens pas très bien.

En effet, Josselin n'a vraiment pas l'air dans son assiette. Il a le regard dans le vague, ce qui n'est pas inhabituel en soi, mais frissonne également de façon compulsive et se gratte frénétiquement le cou. Ça ne sent pas bon.

— Josselin, qu'est-ce qu'il se passe ? demande Marie-Rose. Tu veux un verre d'eau ?

Il ne répond pas. Ça ne sent pas bon du tout.

— Je missigni pas... bien, bégaye-t-il.

Avec horreur, je constate que la plaque rouge s'étend sur son visage. Je me lève de ma chaise et m'agenouille à côté de lui.

— Quoi ? Qu'est-ce que tu dis ?

— C'est quoi ce bordel ? demande Léo. Qu'est-ce qu'il a ?

Il se lève et s'approche de Josselin. Ce dernier ne semble pas le voir et poursuit son grattage compulsif. Nous tentons de lui tenir les bras afin d'éviter qu'il ne se griffe à sang. Je sens mon pouls s'accélérer.

— Mi zistam...

— Hein ? crié-je pour le faire répéter.

Il nous montre du doigt l'extérieur du troquet.

— On peut pas partir, Josselin, tenté-je de le raisonner, t'es en train de faire une crise !

Léo se lève, attrape sa tête dans ses mains et cherche autour de lui une solution au problème. Je ne vois pas bien ce qui pourrait nous aider. Marie-Rose porte ses deux mains devant sa bouche. Blême, elle ne parvient pas à détacher son regard de Josselin dont l'état empire à chaque seconde. Quant à moi... je ne fais rien. Je reste pétrifiée, à genoux à côté de lui, incapable de la moindre décision. Une sueur froide coule le long de ma nuque.

— Qu'est-ce que t'as mec ?!

— Mé...stamini...

Josselin tente de se lever. Nous le maintenons assis, de peur de le voir s'effondrer sur le sol.

— Reste ici, tu vas tomber mon grand, lui conseille Marie-Rose.

Le visage de Josselin enfle à vue d'œil. C'est de pire en pire. Il ne va pas clamser ici quand même !

— Putain ! hurle Léo. Un docteur ! Vite ! Un docteur.

Il ne reste qu'un client dans le bar. Mais celui-ci ressemble davantage à un cultivateur à la retraite depuis au moins vingt ans qu'à un médecin en activité. Le patron, alerté par les cris, s'approche de notre table. Il pose son torchon sur le dossier de ma chaise et prend la main de Josselin dans la sienne.

— Qu'est-ce qu'il t'arrive mon gars ? lui demande-t-il doucement.

— Mésantéstamik...

— Il fait une allergie ! Il lui faut ses anti-histaminiques !

Je suis bluffé par la capacité du patron à déchiffrer le charabia sorti de la bouche de notre infirmier.

— Son sac est dans la voiture ! hurle Léo, hagard.

— Ben, va le chercher ! aboyé-je. T'attends quoi ?

À cet instant, la fulgurance qui a traversé Josselin et Marie-Rose lorsqu'ils ont trouvé leur vocation saisit Léo. Il réalise le plus beau sprint de toute sa vie. Il n'oublie même pas ses clefs. Il faut préciser qu'elles étaient dans sa poche, il n'avait pas réellement à y penser. Il ouvre la porte du bar à toute volée et disparaît dans la nuit. Le temps de son absence semble être une éternité. Nous maintenons Josselin sur la chaise, ce qui est plus simple désormais, car il ne tente plus de se lever. Muette, je scrute la porte. J'aurais dû l'accompagner. Ce mec-là est capable de mettre dix minutes avant de revenir. Alors que je m'apprête à le rejoindre, il franchit l'entrée du bar, le sac à dos de Josselin dans les bras. Pris par son élan, il culbute une table et des chaises dans un vacarme qui rompt notre silence anxieux. Le sac contient plusieurs boîtes de médicaments que Léo disperse sur le sol. Nous observons, indécis, la multitude de traitements. Du *Xanax*, du *Doliprane*, du *Prozac*, de l'*Immodium* et tout un tas d'autres dont la fonction m'est clairement inconnue.

— Celui-là ! ordonne le patron en désignant une boîte blanche.

J'ouvre le carton et sors un comprimé de la pellicule que je tends à notre sauveur. Aidé de Marie-Rose, Josselin avale le cachet avec un peu d'eau grâce au verre qu'elle tient entre ses doigts.

— Ça va, mec ?

Léo est blanc comme un linge. Ses mains tremblantes s'agrippent à notre table. Je crains qu'il ne fasse, lui aussi, un malaise. Je ne dois guère avoir meilleure mine. La gorge sèche, je guette un signe d'amélioration chez Josselin.

— Comment tu te sens ? Mieux ? s'inquiète Marie-Rose.

— Il faut lui laisser un peu de temps pour qu'il se remette, explique le patron.

Nous restons silencieux, le souffle coupé et les yeux rivés sur notre camarade. La tache rouge qui avait envahi le visage de Josselin semble peu à peu s'atténuer et il est désormais en capacité de se tenir seul sur sa chaise. Nous nous rasseyons tous à notre place sans le quitter du regard. Après quelques instants, comme l'avait prédit le patron, Josselin semble reprendre ses esprits. Du moins, il retrouve son état d'origine et son sourire.

— J'ai eu chaud, je crois, sort-il soudainement.

Je laisse tomber ma tête vers l'avant et soupire de soulagement. Je reste dans cette position un long moment et tente de calmer mon rythme cardiaque, pas loin de me faire succomber moi-aussi. Les hurlements et la panique ont laissé place à un abattement collectif.

Marie-Rose pose sa main sur mon épaule et me glisse d'une voix rassurante :

— Ça va aller, il n'aura pas de séquelle.

Pas de séquelle ? Putain, mais c'est moi qui vais avoir des séquelles avec cette bande de fous ! Comment ça se serait terminé si le patron n'avait pas été là ? Sérieusement, il ne m'est jamais arrivé autant de déboires de toute ma vie que depuis que j'ai mis les pieds dans cette satanée voiture ! Eux, ils sont peut-être habitués, mais pas moi ! Je n'ai jamais eu d'accident, jamais de rats à proximité, jamais de crise d'allergie et je me tiens éloignée de ceux à qui ça pourrait arriver. On ne peut à aucun moment être serein avec ces deux-là. Quand tout semble se passer normalement, il faut qu'ils ajoutent une petite touche personnelle, histoire de faire dégénérer les choses.

Léo, tout comme moi, peine à se remettre de l'incident, ce qui, soit dit en passant, me rassure légèrement. Il semble encore plus débraillé que lors du démarrage du covoiturage. Son marcel est couvert de sueur et il a perdu une chaussure dans sa course folle vers le véhicule. Ses yeux bleus sont embués et il tremble intensément.

— Mais mec, qu'est-ce qu'il s'est passé ? demande-t-il, haletant.

— C'est les crevettes, je suis allergique. Il devait y en avoir dans la salade.

La révélation me fait l'effet d'une bombe tellement c'est improbable. Je lui lance un regard sombre.

— Josselin. Est-ce qu'on mange une salade océane quand on est allergique aux crevettes ? dis-je en tentant de maîtriser mon exaspération.

— C'est toi qui m'as dit de me dépêcher de commander et de prendre ça.

Je suis au bout du rouleau. Ma patience m'abandonne définitivement. Il a de la chance d'avoir failli crever parce qu'il ne manque pas grand-chose pour que j'explose. Malgré tout, il a un peu raison. J'aurais pu lui laisser le temps de choisir un plat qui ne soit pas potentiellement mortel pour lui. La plupart des gens font ça en une poignée de secondes, mais ce gars-là, non. Il aurait sans doute eu besoin d'une bonne dizaine de minutes pour réussir à se rappeler qu'il ne peut pas manger de crevettes. C'est ma faute s'il a fait une allergie, ma faute si les rats se sont échappés et ma faute si on a eu un accident. Et oui, si je n'avais pas bossé dans les RH, Léo n'aurait pas pilé. *Inspire, Marianne, expire*, pensé-je. Je préfère ne pas lui répondre. Mieux vaut rassembler mon énergie pour être en capacité de survivre à ce covoiturage insensé. Le pire, c'est que pendant la crise de Josselin, je n'ai même pas eu la présence d'esprit d'appeler le SAMU. Je dois être épuisée. Épuisée de ma journée et épuisée d'eux.

Afin de nous remettre de nos émotions, le patron nous offre un fondant au chocolat à tous.

— Ils seront perdus s'ils ne sont pas mangés ce soir. Et vous avez animé mon bar aujourd'hui !

Tu parles d'une animation. Ceci dit, je ne suis pas contre un petit dessert. Les émotions, ça creuse.

— Cool, on a gagné une part de gâteau ! Merci, mec ! lance Léo en donnant une tape dans le dos de Josselin.

— Le chocolat, c'est mon petit pêché, précise Marie-Rose qui salive d'avance.

Nous commandons également un second café pour nous raviver. La frayeur nous a passablement éteints et nous avons besoin d'être en forme pour terminer le trajet. Le patron apporte sur la table les desserts et les boissons.

— Promis, y'a pas de jus de crevettes dedans ! se moque-t-il, hilare.

Ça m'a l'air d'être un sacré comique aussi celui-là. Enfin, on lui doit une fière chandelle, je ne vais pas me plaindre. Sa blague détend l'atmosphère, car mes camarades explosent de rire.

— J'espère bien ! Une allergie par jour, pas plus. C'est comme le vin ! répond Léo.

— Cela n'a rien à voir ! rétorque Marie-Rose.

— Pourquoi ? Tu bois plus d'un verre de vin par jour ? Décidément, le couvent, ce n'est plus ce que c'était... ajoute Josselin.

Je les regarde tandis qu'ils se tordent de rire. Le drame qui a failli coûter la vie à notre infirmier semble loin. Ça y est, ils sont passés à autre chose, ils se tiennent prêts pour une nouvelle aventure. Je souris en les voyant s'amuser d'un rien et me surprends à me prendre au jeu également. Mieux vaut se dire que c'est un mauvais rêve. Si mes parents me voyaient, ils n'en reviendraient pas. En temps normal, j'aurais mis des jours à me remettre de telles frayeurs. Mais à leurs côtés, c'est comme si tout finirait toujours par s'arranger. Et comme les choses sont déjà arrangées, il n'y a plus de raison de s'inquiéter.

— Toi, Marianne, tu dois bien t'enfiler un verre tous les jours, me taquine Léo.

— Ai-je vraiment une tête à picoler tous les jours ?

— Quand tu prends pas ton air de chien battu, comme maintenant, je dirais oui, ajoute Josselin.

Je manque d'avaler mon café de travers, ce qui provoque une recrudescence des rires autour de la table. Je suis, moi aussi, prise d'un fou rire. Marie-Rose se prend le visage dans les mains et tente de se ressaisir. Josselin parvient difficilement à récupérer son souffle entre deux explosions. Quant à Léo, il se tient le ventre et se tord sur sa chaise. Leur gaîté communicative m'arrache, à moi aussi, des larmes de rire. De toute façon, je suis prise dans un sketch avec un transporteur de rat, un infirmier psy et une nonne amoureuse de son cousin. On met un temps fou avant de réussir à nous reprendre et à avaler les délicieux fondants au chocolat dont le cœur coulant ravit nos papilles. Heureusement, la caféine nous ramène (un peu) sur terre et nous terminons, enfin, notre repas dans l'allégresse générale.

Décidément, je ne suis pas prête d'oublier cette journée.

8. Volte-face

Léo n'avait pas avalé un repas en compagnie de personnes aussi drôles depuis fort longtemps. Ah, ce Josselin ! Il devrait toujours emporter ses médocs sur lui. Pour un infirmier, c'est un comble de ne pas avoir sous la main de quoi se soigner. Heureusement, quand on est bien entouré, les problèmes trouvent toujours une solution. C'est le drame de Léo. Il est rarement bien entouré. À ce sujet-là, il paraît que la famille, c'est sacré. Ben chez lui, la famille, c'est plutôt un sacrilège. Ses parents avaient tenté de lui administrer une éducation digne de ce nom, c'est-à-dire stricte et rigoureuse. Pas de chance pour eux, l'aîné de leurs enfants leur en avait fait voir de toutes les couleurs. Léo se rappelait ce jour où il s'était cassé le poignet en tentant une acrobatie sur la barrière du terrain de foot. Il avait essayé de suivre ses copains et de s'infiltrer, en douce, pour jouer sur la pelouse. Les enfants devraient toujours avoir la possibilité d'accéder à un lieu pour taper le ballon. Si ce n'est pas le cas, ils en trouvent un par leurs propres moyens. Manque de chance, ses pieds s'étaient emmêlés dans les barreaux et il était tombé la tête la première. Les mains avaient amorti la chute, mais son poignet avait doublé de volume en quelques heures. Sa mère n'avait pas cru à l'histoire rocambolesque qu'il avait tissée pour tenter d'expliquer sa blessure. Elle l'avait regardé, les sourcils froncés, désolée de devoir le conduire une nouvelle fois aux urgences. Léo sourit en repensant aux nombreuses heures de colle récoltées au rythme de ses « insolences ». Chaque fois, il apportait le coupon de convocation à ses parents, tête baissée. Ces derniers se tapaient le front et, rouges de colère, le regardaient en attendant une explication valable. Il n'en avait jamais à leur fournir. À partir du lycée, il avait cessé de chercher à se justifier. Il se contentait de subir la punition. Privé de télé, privé de sortie, privé de dessert. Mais au grand désespoir de ses parents, tout sembler couler sur lui et rien ne parvenait à le remettre dans le droit chemin. Il avait néanmoins franchi un cap lorsque ses parents avaient dû venir le chercher au commissariat à la suite d'une bagarre générale. Il n'était pas réellement responsable et avait reçu plus de coups qu'il n'en avait donné. Mais ça, bien entendu, ils ne l'avaient pas cru. Même majeur, il avait continué ses « âneries » comme ils disaient. Après avoir raté de peu son bac, il avait renoncé à repiquer son année de terminale et préféré vivre de petits boulots. Il avait rapidement quitté le foyer familial oppressant et loué un studio dont il parvenait à payer le loyer, ce qui déboussolait ses parents. Il avait contredit toutes leurs prédictions.

— Ne crois pas qu'on te prêtera un centime !

— Je parie que dans moins de six mois, tu seras de retour, la queue entre les pattes à nous supplier de te reprendre.

Et pourtant, pendant vingt ans, il ne leur avait jamais demandé d'aide. Il s'était débrouillé seul et avait pris ses distances. La liberté n'a pas de prix, n'est-ce pas ? À présent, il se limitait à une rencontre par an. C'était déjà presque trop pour ses géniteurs qui le considéraient comme un traître. Il n'avait rien fait pour, ils sont seulement trop fermés d'esprit. Il faut dire que tout avait vraiment vrillé ce fameux dimanche d'avril. À cette époque, il leur rendait encore visite régulièrement et faisait honneur au repas préparé par sa mère. Ce jour-là, donc, ils étaient tous attablés, ses parents, sa sœur et lui, quand leur mère avait glissé d'un air insignifiant :

— Ce serait bien que tu nous présentes ta petite-amie. On serait contents de la voir.

— De quoi tu me parles ? avait demandé Léo, surpris.

— Quand je suis venue te voir chez toi l'autre jour, j'ai vu qu'il y avait deux brosses à dents dans ta salle de bain.

— Ben, alors ! Qu'est-ce que c'est que cette affaire ! avait vociféré son père. Tu as honte de nous ?

— Non, papa, j'ai pas honte de vous.

Juliette, la sœur de Léo, avait baissé la tête vers son assiette, appréhendant ce qui allait suivre.

— C'est quoi le problème ? On l'accueillera bien gentiment, avait ajouté sa mère. On est des gens civilisés, pas vrai Jean-Pierre ?

— Et comment !

Depuis plusieurs années, Léo réfléchissait à la manière dont il pourrait amener les choses, mais n'était jamais parvenu à une conclusion satisfaisante. Il avait donc reculé ce moment le plus possible. Désormais au pied du mur, il hésitait toujours autant que dix ans plus tôt.

— Je ne crois pas que vous l'accueillerez avec plaisir, avait-il répondu à voix basse.

— Pourquoi ? C'est une droguée ? Tu sais que c'est mauvais pour toi, Léo, ce genre de fréquentation. Tu n'as...

— Non ce n'est pas une droguée. C'est seulement... (silence pesant) ... En fait, c'est... Ce n'est pas une fille. C'est un garçon.

Léo n'avait pas précisé que son compagnon de l'époque consommait bien des substances illicites en trop grande quantité. Mais mieux valait ne pas en rajouter, ça faisait déjà beaucoup à encaisser pour ses parents. Sa mère, qui servait le plat dans les assiettes de chacun, en avait laissé tomber la cuillère dans le fait-tout, éclaboussant l'ensemble de l'assemblée.

— Quoi ? s'était-elle étranglée.

Un long silence avait suivi. Ils avaient attrapé leurs serviettes et essuyé les gouttes de sauce sur leur visage. Léo ne s'était pas senti embarrassé, mais plutôt libéré d'un poids qui lui pesait depuis bien trop longtemps.

— C'est une plaisanterie ? avait tenté de se rassurer son père.

— Pour une fois, non. C'est pas une blague, avait souri Léo.

— Mon Dieu... avait murmuré sa mère en agrippant le bras de son époux. Mais qu'avons-nous fait pour mériter ça ?

— Le ciel nous tombe sur la tête, Martine.

Les deux parents, sous le choc de la nouvelle, étaient restés sans mots. Ils l'avaient fixé un long moment d'un air ahuri. Puis, ils s'étaient ressaisis.

— Mais tu sais que ce n'est pas une fatalité, avait dit sa mère. Ça peut se guérir, il existe des thérapies très efficaces.

— Putain, mais je suis pas malade !

— C'est le pire coup que tu nous aies fait ! avait ajouté son père.

Juliette avait tenté de le soutenir.

— C'est injuste de dire ça.

— Toi, ferme-là ! avait répondu son père.

Sa mère avait essuyé des larmes avec la nappe de la table. Léo, qui faisait habituellement des efforts pour supporter les repas familiaux, avait bien senti qu'ils ne pourraient pas accepter. Il était inutile de tenter de leur faire entendre raison. D'ordinaire, il s'amusait de la déception qu'il provoquait chez ses parents. Mais pas cette fois. Il s'était levé, avait pris ses affaires et était parti. Juliette avait tenté de le retenir. Cependant, il n'était plus un petit garçon et préférait ne pas subir de reproches qui, pour une fois, étaient injustes.

Depuis ce repas, il ne voyait ses parents que le jour de Noël. Pour le principe. Histoire de dire qu'ils avaient encore quelque chose qui les réunissait. Inutile de préciser que lorsqu'il s'était décidé à demander à ses parents de lui prêter de l'argent pour la rénovation de la maison, il avait déjà épuisé toutes les autres solutions. Juliette était à découvert tous les mois et ne pouvait pas l'aider. Quand il avait évoqué ses soucis à ses parents, il avait vu de la jubilation dans le regard de son père, de la peine dans celui-ci de sa mère. Elle avait cependant accepté de lui prêter des sous. À condition qu'il suive la « thérapie ». Il devrait donc trouver l'argent autrement. Ou passer l'hiver sans chauffage et sans eau chaude.

Léo soupire en regardant ses compagnons de covoiturage. Oui, c'est certain. On est parfois bien mieux entouré avec des inconnus qu'avec sa propre famille.

※※

Les assiettes à dessert et les tasses à café sont vides. Il est grand temps de prendre congé de notre hôte et sauveur du jour. Après avoir réglé l'addition, nous quittons le bar.

— Vous reviendrez me voir, pas vrai ?

— Sans faute ! promet Léo en saluant joyeusement le patron.

Marie-Rose se rend aux toilettes, histoire d'être sûre de ne pas nous faire arrêter sur une aire d'autoroute pour le court trajet qu'il nous reste à effectuer. Nous l'attendons à l'extérieur. Léo et Josselin en profitent pour fumer une cigarette avant de reprendre la route. La nuit noire engloutit les alentours. Il fait légèrement plus frais qu'à notre arrivée et je sens un brin d'air me caresser la joue. Il fera certainement moins chaud dans la voiture qu'au début du trajet. Quoi que, nous avons fermé les vitres, la chaleur y est restée enfermée. On aurait dû les entrouvrir, il n'y a pas trop de risques dans ces villages. Léo scrute le sol dans le noir, en quête de sa chaussure manquante.

— Je me rappelle plus où je l'ai perdue. Elle doit être plus près de la voiture.

— C'est rare qu'il m'arrive autant de choses dans une même journée, confie Josselin, rêveur, en expulsant une bouffée de fumée.

— Il ne m'était jamais arrivé aucun de ces incidents de toute ma vie, rectifié-je.

— Tu ne vis pas assez dangereusement Marianne. Tu devrais essayer parfois, ça fait du bien, me conseille Léo, philosophe.

— Tu as peut-être raison, admets-je en esquissant un sourire.

La routine a cela de bon qu'elle ne vous expose à aucun risque. J'adore la routine. Elle est sécurisante et rassurante. Mais force est de constater que même si nous avons très mal débuté ce covoiturage, au final, aucune catastrophe ne s'est produite. On est, certes, un peu amochés. Néanmoins, personne n'a été blessé gravement et, en réalité, je me suis amusée durant ce repas. Je veux dire avant et après l'allergie. Pendant, beaucoup moins. On a passé un moment sympathique à se découvrir les uns et les autres. Il y a fort longtemps que je n'ai pas pleuré de rire. C'est plutôt agréable, j'avais oublié, je crois.

— Ou alors, ajoute Léo, moqueur, tu nous as porté malheur. Je te rappelle que tout se passait bien avant que tu montes avec nous en voiture.

— Même réponse : tu as peut-être raison.

— Mais non, proteste Josselin, les filles comme toi peuvent pas porter malheur. Au contraire. Et Dieu nous a envoyé un ange-gardien. C'est sûrement grâce à Rose-Marie que je m'en sors indemne. Elle nous a porté chance.

— C'est Marie-Rose...

— C'est clair. Une chance qu'elle soit montée avec nous. En plus, elle est rigolote et gentille, répond Léo.

Je les observe du coin de l'œil. Tous deux sont très sérieux. Ils fument paisiblement leur cigarette, sans qu'un signe moqueur ne traverse leur visage. À les fréquenter depuis plusieurs heures, je ne suis pas surprise. Dans d'autres covoiturages, elle aurait probablement fait l'objet de plaisanteries mesquines. Comme tout ce qui est mal connu ou différent, l'engagement religieux est un objet facile de railleries. La bonne sœur aurait été moquée ou, au mieux, ignorée. Josselin et Léo ne sont pas pratiquants, cela fait peu de doutes. Mais leur bienveillance les conduit naturellement à accepter les personnes différentes d'eux. Cela vaut pour Marie-Rose comme pour moi. C'est sûr qu'ils me vannent un peu, mais ça reste gentil. Quant à Marie-Rose, ils la font rire, s'intéressent à ses secrets, ses choix et sa vie, sans la juger. Ils la respectent tout simplement. C'est assez rare pour que ce fait m'interpelle quant à ma propre attitude vis-à-vis d'autrui. Je ne suis peut-être pas suffisamment ouverte. Certes, je me protège de ce qui peut m'atteindre, mais aujourd'hui, je prends conscience que je passe possiblement à côté de belles rencontres.

— Hé, les gars, je crois que y'a quelqu'un dans la voiture, lance soudainement Léo.

— T'as raison, la lumière est allumée !

Je tente de distinguer la Fiesta dans l'obscurité. Je n'y vois pas grand-chose, mais il me semble effectivement que quelque chose bouge du côté de la voiture.

— C'est pas Marie-Rose qui nous attend déjà là-bas ? demandé-je. Je vois pas bien de loin sans mes lunettes.

Elle est sûrement sortie par la porte arrière du bar et on ne l'a pas vue. C'est bizarre, car on l'aurait l'aperçue sur la route menant au parking. Ou bien elle-même nous aurait entendus.

— Si c'est Marie-Rose, dans ce cas, elle a dû rencontrer le diable parce que le gars, là-bas, ne lui ressemble pas du tout. Il doit faire trois fois son poids et a une énorme barbe. C'est sûr, c'est pas elle !

— T'as raison, putain ! s'écrie Josselin. Qu'est-ce qu'il fout ?

— J'ai dû oublier de fermer à clef en récupérant le sac. Ça va pas se passer comme ça, je vous le dis ! Personne rentre dans ma caisse ! J'ai plus une thune, pas question qu'on me pique ma bagnole.

Sous mes yeux ébahis, Léo balance son mégot à terre et se dirige à pas pressés vers la Fiesta.

— Non ! Attends ! chuchoté-je.

Si le mec fait trois fois le poids de Marie-Rose, il doit faire le double de celui de Léo. Il manquerait plus que l'un de nous se fasse tabasser. Il ne m'écoute cependant pas et poursuit son chemin vers la voiture. Je lance un regard interrogateur à

Josselin. Inutile d'échanger un mot. Nous nous comprenons aussitôt et suivons Léo. On ne va tout de même pas le laisser affronter le cambrioleur tout seul. Et si ça se trouve, c'est juste quelqu'un qui promène son chien le long de la route.

Sérieusement, au regard du déroulé de ce covoiturage, vous y croyez, vous, à l'hypothèse du mec qui se balade tranquillement avec son clébard ? On est d'accord...

***

— Et toi, le métalleux ! crie-t-il. Tu te crois chez mémé ?

L'intrus est surpris par l'interpellation de Léo et sort de la voiture précipitamment. Mais au lieu de s'enfuir en courant, comme nous pouvions l'imaginer, il se redresse et nous fixe, immobile. Soudain, alors que nous ne sommes plus qu'à une vingtaine de mètres de lui, il brandit un fusil au-dessus de sa tête et tire dans les airs. Le coup de feu explose dans le silence de la nuit et stoppe net notre avancée. Je me fige sur place. C'est un barge, il est prêt à nous buter ! Je tente de contrôler mes tremblements et me recroqueville sur moi-même. Je ne peux pas faire demi-tour. Il m'a vue, c'est certain. Quelle imbécile je fais, je n'aurais pas dû les suivre ! J'aurais pu appeler les flics si j'étais restée à distance.

— Les portes-feuilles, et les téléphones, tout le monde ! Vite !

Léo lève les mains en l'air en signe de soumission.

— Je suis désolé mec, je voulais pas te vexer. Le métal, c'est super. On adore tous ça d'ailleurs, hein les gars ?

— Oh oui, oui, tout à fait, confirmons-nous en mettant également nos mains sur la tête.

— D'ailleurs, on a écouté Rammstein toute la route, ajoute Josselin. On est de vrais fans.

L'agresseur semble déboussolé par l'attitude de mes deux compères de voyage. Il grimace en entendant les propos de Léo et Josselin et nous dévisage.

— Mais qu'est-ce vous me racontez ? s'agace-t-il.

— On est tolérants, vous savez, on voyage même avec une bonne sœur. Donc si vous avez besoin qu'on vous dépose quelque part, ce sera avec joie.

Je me demande si Josselin est réellement en train de tenter une négociation avec un type qui braque un fusil de chasse sur nous. Il rejoint Léo, et tous deux se mettent à genoux.

— Je vous ai demandé vos portes-feuilles, dépêchez-vous ! Et les clefs !

— Je vous préviens, on a pas beaucoup d'argent. Madame, derrière nous, et moi-même sommes au chômage, et mon ami à ma gauche est infirmier. C'est bien connu, les infirmiers sont mal payés.

— Infirmier psychiatrique, c'est encore pire ! s'indigne Josselin.

— Ferme ta gueule, et donne-moi ton porte-feuille, je t'ai dit ! Et les clefs aussi !

L'homme s'approche des deux covoitureurs dont l'attitude lui fait perdre patience. Je le vois mieux à présent, malgré l'obscurité qui règne sur le minuscule parking. Il doit faire 1,90 mètre et plus de 100 kilos. Il porte une chemise hawaïenne à manches courtes et un short en jean. On a fait plus effrayant dans le genre costume de malfrat. Il n'a toutefois pas l'air de plaisanter et approche son fusil du visage de Josselin, agenouillé à un mètre de lui.

— On va vous donner nos affaires à une condition ! dit Léo.

Le braqueur tourne son fusil vers lui une expression hargneuse sur le visage.

— Votre chemise est beaucoup mieux que mon marcel, donc si vous me la passez, je vous donne tout ce que j'ai, y compris mon slip !

Je lève les yeux au ciel. Ce gars est cinglé. Voilà qu'il veut refaire sa garde-robe maintenant. Et il va pas se foutre à poil ! Comme je le craignais, notre agresseur bouillonne. Ses dents sont serrées, ses yeux jettent des éclairs et un affreux rictus déforme sa bouche. Léo est peut-être allé trop loin. De toute façon, il faut bien se rendre à l'évidence, le gars est armé et on est seuls. Et même sans cela, nous ne ferions pas le poids à nous trois contre ce géant. Si je crie, il n'est pas certain qu'une personne accoure pour nous venir en aide. Nous sommes inévitablement seuls. Je ne comprends toutefois pas que le coup de fusil n'ait attiré personne. Le patron du bar a bien dû l'entendre, qu'est-ce qu'il fout ? Il appelle probablement la police. Ou peut-être est-ce habituel, dans ces campagnes, que des individus chassent la nuit. Au milieu de mes réflexions chaotiques, je vois une ombre bouger derrière l'agresseur.

— Je vous ai dit vos téléphones ! Donnez-moi vos téléphones bordel ! Et les clefs de la bagnole ! braille-t-il, agressif.

Il s'approche encore plus près des deux hommes, et arme son fusil.

— D'accord, Monsieur, lui dit Josselin, on vous donne ce qu'on a.

— Par contre, tout est dans la poche de mon jean. Je dois me relever pour pouvoir les sortir.

— Ben relève-toi, connard ! Je t'ai jamais demandé de te mettre à genoux.

Je regarde autour nous avec l'espoir désespéré de voir un fourgon de police débarquer. S'il nous pique nos affaires et la voiture, on pourra plus rentrer chez nous. Qui aurait cru qu'on puisse être victime d'un vol à main armée dans ce bled paumé ? C'est vraiment la poisse. Au moment précis où Léo se relève, accompagné de Josselin, je vois l'ombre dans l'obscurité bouger à nouveau et se rapprocher du braqueur. Je n'en crois pas mes yeux. C'est Marie-Rose, armée d'une bêche d'agriculteur ! La bouche ouverte, je me décompose en la voyant s'approcher silencieusement de l'homme armé.

— Hé, toi ! crie-t-elle au molosse.

Celui-ci se retourne, surpris d'entendre la voix dans son dos et reçoit un énorme coup de pelle en plein visage. La volée est tellement violente qu'il s'effondre de tout son poids sur le sol et tombe, inconscient, laissant son fusil lui échapper des mains. Je n'en reviens pas, Marie-Rose, une religieuse, vient d'assommer un homme de trois fois son poids avec une bêche qu'elle a trouvé Dieu sait où. L'agresseur est KO. Il reste immobile au sol et nous l'observons, sans voix, pendant quelques secondes.

— Vite, on se tire ! ordonne Léo. Si on est encore là quand il se réveille, il va nous dégommer !

Nous nous ruons vers la voiture et reprenons nos places habituelles. Pourvu qu'il ne se relève pas avant qu'on soit partis ! Je jette un œil par la vitre, mais il semble bien assommé. Léo démarre le véhicule en trombe et fait patiner les roues dans la terre séchée. Un nuage de poussière nous entoure. Tant bien que mal, notre conducteur évite le corps de l'homme au sol et nous nous enfuyons, laissant l'apprenti braqueur sur place.

Décidément, cette bonne sœur est une véritable James Bond.

9. Le fusil

Assise sur la banquette arrière de la Fiesta, Marie-Rose n'est pas peu fière d'avoir réussi à neutraliser l'individu qui menaçait les trois pauvres jeunes gens. S'en prendre comme ça à eux, alors que Josselin vient d'échapper de peu à une mort atroce ! Elle a su se montrer à la hauteur. Et même mieux : elle a protégé ces innocents. *On pourrait presque parler d'acte de bravoure*, pense-t-elle, en tentant de refouler l'orgueil qui pointe en elle. Disons plutôt un acte sage qui nécessitait de faire preuve de sang-froid. Et cette fois, elle n'a pas failli. Elle a vu le danger et l'a écarté. Ils peuvent repartir, avec l'ensemble de leurs affaires, et s'éloigner de cet homme sans foi ni loi. Comme elle se l'était juré jadis, elle ne laisserait plus jamais l'opportunité à des êtres malfaisants de s'en prendre à des innocents. En ce sens, son coup de maître a, un peu, rattrapé son erreur passée.

La vie au couvent est loin d'être terne et monotone comme se l'imaginent beaucoup de gens. C'est même tout l'inverse. Les heures consacrées à Dieu sont aussi des temps où elle se retrouve face à elle-même. Il faut alors faire face aux remords, à la culpabilité et à toutes sortes de sentiments dont il est plus facile de se défaire lorsqu'on mène une vie classique. Or, Marie-Rose avait le temps de se consacrer au jugement de sa propre personne. La culpabilité, elle sait ce que c'est. Elle en avait fait l'expérience des années durant avec l'espoir de disposer, un jour, d'une occasion de se racheter.

La Mère supérieure autorisait les religieuses à sortir de l'institution pour se livrer à des tâches nécessaires à la vie collective, telles que les achats de denrées alimentaires. Elles avaient également la possibilité de participer à des missions d'intérêt général. Marie-Rose, qui aimait le contact avec les gens, s'était mise à la disposition d'une association venant en aide aux anciens détenus afin de faciliter leur réinsertion après leur peine de prison. Cette activité lui avait tellement apporté ! Elle avait vu des hommes et des femmes renaître et parfois même trouver la foi dans leur parcours de résilience. Elle admirait la force avec laquelle ces personnes se relevaient et tentaient de découvrir une vie nouvelle tout en faisant face à leurs péchés passés. Car personne ne peut se recréer sans accepter de faire le deuil de ce qu'il a été. C'est probablement difficile pour certains de parvenir à tourner la page. Pour d'autres, le cheminement a débuté durant l'enfermement et quand ils recouvrent la liberté, ils sont prêts.

Lorsqu'elle avait rencontré Julius pour la première fois, Marie-Rose avait été touchée par l'histoire de cet homme. Il n'avait pas eu de chance dans la vie. Dès sa naissance, il avait subi la violence d'un père alcoolique et la peur d'une mère dans l'incapacité de le protéger. Enfant, il avait appris à se taire et à vivre sous les coups et les humiliations. Il avait, en quelque sorte, grandi sans autre repère que la violence, qui était rapidement devenue son seul mode d'expression. Adolescent, il avait commis de nombreux vols et occupé un rôle actif au sein d'un trafic de drogue. Forcément, dans ce milieu, ça ne peut pas bien se finir. Condamné à de multiples reprises, il reprenait ses trafics sitôt sorti de prison. Jusqu'au jour où ça avait vraiment mal tourné pour lui. Et surtout pour sa victime. Il avait asséné plusieurs coups à un autre dealer qui était décédé quelques jours plus tard à l'hôpital. Cette fois, il avait été enfermé pour de bon. Douze ans plus tard, il s'était retrouvé face à elle, en quête d'une aide pour trouver une vie meilleure.

Julius était un homme intelligent. Elle aimait échanger avec lui. Il comprenait facilement les messages qu'elle souhaitait lui faire passer. Les autres membres de l'association l'aidaient dans ses démarches administratives et dans ses recherches d'emploi. Elle, elle l'accompagnait dans sa démarche spirituelle. Il s'agissait de ce qu'elle pouvait faire de mieux pour ces âmes égarées.

— Si Dieu est bon, comme vous le dîtes, pourquoi ne m'a-t-il amené que des misères ?

— Dieu vous a apporté des épreuves. Ce sont vos choix qui sont déterminants.

— Pourquoi ne m'aide-t-il pas à faire les bons choix alors ?

— Je suis là avec vous aujourd'hui. Je pourrai vous aider quand vous en aurez besoin.

Il l'avait regardé, sceptique, mais avait accepté de lui faire confiance. Chaque semaine, ils se retrouvaient et échangeaient sur le monde. Julius voyait de la noirceur partout et elle tentait de lui montrer qu'il existait, au contraire, de la lumière. Il s'était accroché et avait même trouvé un emploi quelques mois plus tard. Malgré cette apparente résurrection, Marie-Rose sentait que Julius se questionnait beaucoup sur la voie qu'il devait emprunter. Il conservait en lui une colère profonde qu'il acceptait de lui livrer.

— Je ne crois pas avoir mérité tout ce que j'ai vécu.

— Vous pouvez mériter ce qui vous arrive de positif. Et regardez-vous aujourd'hui. Vous avez beaucoup avancé.

— Parce que je travaille comme tout le monde ?

— Parce que vous êtes libre de faire vos choix.

— Je suis libre, oui, de faire ce que je veux, avait-il répondu avec un air étrange.

Elle s'accrochait pour le soutenir. Toutefois, Julius nourrissait depuis toujours une rancœur extrême envers sa mère et elle ne parvenait pas à trouver les mots.

— Si elle m'avait protégé, je ne serais jamais devenu un déchet, avait-il lâché un jour.

— Mais voyons, Julius, vous n'êtes rien de cela ! avait-elle répliqué, choquée et affectée de la vision qu'il avait de lui-même.

— C'est de sa faute ! avait-il hurlé en donnant un coup de pied dans une poubelle.

Elle s'était figée devant la fureur qui émanait de son corps.

— Et elles sont toutes comme elles, avait-il ajouté.

Des propos similaires sortaient régulièrement de la bouche de Julius. Le ressentiment qu'il dirigeait vers sa mère, décédée pendant son incarcération, s'était transformé, au fur et à mesure des mois, en véritable haine envers les femmes.

— Regardez comme elles s'habillent. Même pas quinze ans et elles sont déjà prêtes.

— Prêtes à quoi ? bredouillait Marie-Rose lors d'une de ses montées de haine.

— Je n'oserais pas dire devant vous, Ma sœur.

Marie-Rose craignait de perdre définitivement sa confiance si elle révélait la teneur de ses propos. Elle espérait qu'avec le temps et les réussites, il parviendrait à se débarrasser de ses noirs sentiments. Elle se leurrait. Elle aurait dû immédiatement prévenir que cet homme était dangereux. Son espoir l'aveuglait.

Et un jour, ce qu'elle redoutait s'était produit. Lorsqu'elle s'était présentée dans les locaux de l'association, la présidente était sur place. Elle avait invité Marie-Rose à la rejoindre dans son bureau. Un drame s'était produit. La religieuse s'était assise tremblante. Son sac posé sur ses genoux, elle avait écouté la présidente lui annoncer que Julius avait séquestré chez lui une jeune femme qu'il avait attachée à une chaise et ruée de coups. Un voisin avait donné l'alerte. Surpris de constater que les volets demeuraient clos durant plusieurs jours, il avait suspecté un accident domestique ou un événement dramatique. Il était peu éloigné de la vérité. Lorsque les pompiers étaient intervenus, par chance, ils avaient entendu les cris de la jeune femme, qui avait été libérée après trois jours de calvaire.

Marie-Rose avait accueilli la nouvelle avec une grande émotion, mais sans surprise. Elle aurait dû faire quelque chose plus tôt. Contrairement à ce qu'elle pensait, elle ne pouvait pas, seule, venir en aide à Julius. La culpabilité l'avait conduite à se retirer, plusieurs semaines durant, dans le couvent dont elle ne sortait plus. Elle s'endormait en larmes, priant Dieu de lui pardonner. Julius était retourné en prison à cause d'elle, de son absence de discernement et une jeune femme avait failli mourir. Les membres de l'association mettaient son absence sur le compte du choc et de la désillusion. Cependant, Marie-Rose était surtout déçue d'elle-même. Après avoir réussi à se pardonner, elle s'était promis de toujours venir en aide aux victimes et de ne plus jamais laisser un délinquant faire du mal à autrui si elle avait l'occasion de l'empêcher. C'est chose faite.

La Fiesta file à toute vitesse sur la route. Je tente, tant bien que mal, de reprendre mes esprits suite au rebondissement inattendu de l'agression dont nous avons été victimes. Il s'agit d'un retournement de situation pour le moins inattendu. Marie-Rose n'a pas hésité une seule seconde en désarmant le molosse. Une chose est certaine : j'aurais moi-même été incapable d'une telle prouesse. Malgré l'adrénaline qui fait battre mon cœur à un rythme indécent, je suis soulagée que nous ayons pu sortir de cette épreuve sans dommages.

— Putain, Rose-Marie, t'en as mis du temps, j'ai cru que t'arriverais jamais ! l'interpelle Josselin.
— Attends, comment t'as su qu'elle allait venir ?
— J'étais derrière depuis un bon bout de temps. Tu ne m'as pas vue ?

Sans mes lunettes, je ne risquais pas de voir qui que ce soit, tapi dans l'obscurité.

— J'attendais le bon moment pour sortir de ma cachette.

Je suis bluffée. J'en reste sans voix. Cette femme est incroyable. A elle seule, elle nous a sorti des griffes du braqueur.

— Vous l'aviez vue, vous ? demandé-je aux garçons.

— Bien sûr, tu crois quand même pas que j'allais récupérer la chemise à fleurs de ce mec. Gras comme il était, elle aurait été beaucoup trop grande.

— Nous avons été particulièrement astucieux pour gagner du temps, ajoute Josselin.

— En tout cas, Marie-Rose, tu lui as foutu une méchante raclée ! Il s'en souviendra longtemps.

Je suis hors course dans l'affaire. Ils ont tous trois mis en place un stratagème particulièrement efficace sans même avoir besoin de se concerter. S'ils avaient compté sur moi, on aurait plus nos affaires ni la voiture à l'heure qu'il est. Les trois passagers sont hilares. J'avoue que la scène revêt un aspect comique. Je revois la tête du braqueur lorsque Marie-Rose l'a appelé dans son dos. Il s'attendait sûrement à tout sauf encaisser un coup de pelle en pleine face. Il s'est retourné et sans crier gare a été assommé par notre sauveuse. Je ris avec mes camarades.

— Vous avez vu son expression avant de recevoir la pelle dans la tronche ? Je vois pas dans le noir, mais là, aucun doute, il a été surpris ! parviens-je à articuler entre deux fous rires.

— Grave ! Josselin t'étais juste à côté de lui, heureusement qu'il t'est pas tombé dessus.

— C'est moi qui aurais été assommé pour le coup.

Redoublement des rires dans la voiture.

— Quand même, ça aurait pu mal tourner, il était armé, me rappelé-je, catastrophée.

— Oui, ça aurait pu mal tourner, il aurait pu y laisser sa peau, répond Léo.

— Il a minimisé les capacités de ses victimes, ajoute Marie-Rose.

Nous nous esclaffons de plus belle. Le mec ne pensait probablement pas risquer sa vie en s'attaquant à quatre pauvres covoitureurs. Mais il ne savait pas sur qui il était tombé.

— Attends, personne me pique ma caisse. Je suis déjà dans la merde, si j'ai plus de voiture, c'est la fin de tout.

— Ceci dit, il y a peut-être vraiment laissé sa peau.

Je mets quelques secondes à digérer les propos de Josselin et réalise qu'il a raison. Le gars est peut-être décédé sur le sol. Fin de la rigolade pour tout le monde. Nous prenons tous conscience de la gravité de la situation.

— C'était un coup de pelle magistral. Un traumatisme crânien peut provoquer une hémorragie. Ça peut être très grave, murmuré-je.

— Putain, carrément. S'il y reste, on aura commis un crime.

— On ira peut-être en prison. Non pas que l'enfermement me fasse peur, mais je n'ai pas voulu tuer quelqu'un. Et j'aimerais bien continuer à voir mes copines de temps en temps.

— Ce n'est pas toi, Marie-Rose, on est tous les quatre coupables. On devrait appeler les secours pour qu'ils le prennent en charge s'il est blessé, proposé-je.

— Ça va pas ! s'insurge Josselin. Si on appelle, les flics auront notre numéro. Ils sauront que c'est nous qui avons fait le coup !

— Mais c'est de la légitime défense ! On va pas aller en taule, surtout si on prévient pour qu'il soit soigné !

— Ouais, je sais pas trop. J'ai un petit casier quand même, nuance Léo.

J'essaye de faire entendre raison à mes camarades, mais aucun ne semble convaincu.

— On s'inquiète pour rien, vu comme il était baraqué, ça lui a fait l'effet d'une petite caresse, objecte Josselin en balayant mes remarques d'un revers de la main.

Je vois néanmoins de la préoccupation dans ses yeux.

— Une caresse ne fait pas tomber quelqu'un au sol sans connaissance, insisté-je.

— Je serais ennuyée que Léo aille en prison à cause de moi, hésite Marie-Rose.

— Franchement, les mecs, il faut pas se biler. Une petite perte de connaissance, ça fait de mal à personne. Il a dû se relever ni vu ni connu, répond Léo.

— Dans tous les cas, s'il se relève, il ne pourra plus faire de mal à personne, glisse Josselin avec malice. Regardez ce que j'ai avec moi.

Il se tourne vers l'arrière de la voiture et nous montre fièrement ce qu'il tient à ses pieds depuis que nous sommes partis. Je le regarde, horrifiée.

— Mais t'es cinglé ! Pourquoi t'as pris le fusil ? m'exclamé-je. En plus, y'a plus le cran de sûreté. Je l'ai vu tout à l'heure, il a armé le fusil !

— Ah bon, tu crois ? demande Josselin perplexe. C'était au cas où il se réveille avant qu'on soit partis. Il nous aurait tiré dessus, sans hésitation. Je voulais pas prendre le risque. Ça m'est venu sur le coup, quand on s'est enfuis, pour nous protéger. Franchement, c'était le mieux à faire.

Cette fois, ça va trop loin. Je perds les pédales à côtés de ces fous. Je ne parviens pas à réfléchir. Les idées s'entrechoquent dans mon esprit. Voilà qu'on trimbale une arme à feu avec nous maintenant ! Comment va-t-on sortir de ce pétrin ? Et si on croise la police, comment expliquera-t-on la présence du fusil dans la voiture ? C'est le vide dans mon cerveau, la panique a pris le pas sur ma lucidité légendaire. Mon regard passe de l'arme à Josselin, à Léo, à Marie-Rose. Et à nouveau, au fusil. Mais aucun des visages n'exprime de marque particulière d'anxiété. Ils se contentent de vivre les catastrophes au rythme où elles se présentent. Et ils avisent après. Je n'en peux plus. C'est trop pour moi. Terminé.

— Léo arrête la voiture, ordonné-je.

— Quoi ? Mais on vient juste de repartir !

— Ne n'oblige pas à le répéter. Arrête-toi, s'il te plaît.

Je le vois lancer un regard soucieux à Josselin qui hoche la tête. Il murmure une phrase que je suis ravie de ne pas entendre et obtempère. Il gare la Fiesta sur le bas-côté de la chaussée. Heureusement, on a pas encore regagné l'autoroute. Il coupe le moteur et je sors du véhicule, excédée. J'ouvre le coffre de la voiture dans laquelle se trouvent mes affaires. J'attrape la bouteille de rhum, en dévisse le bouchon et avale une gorgée au goulot. Le liquide brûlant s'écoule dans mon gosier puis ma poitrine. Le sursaut de l'alcool qui se diffuse en moi m'assène un électrochoc. Je referme la bouteille, la balance dans le coffre et m'éloigne de la bande, restée à l'intérieur la voiture.

Je dois essayer de réfléchir, loin d'eux. Retrouver du bon sens, de la clairvoyance. Ils me font perdre tout sens commun et la situation est trop grave pour continuer aveuglément. Il ne s'agit pas d'une arcade ouverte cette fois, ni d'un rat échappé, d'une allergie aux crevettes ou de l'oubli d'un passager de covoiturage. C'est un possible meurtre, avec délit de fuite. Et nous sommes en possession d'un fusil dont un coup peut partir à tout moment, à la moindre manipulation. L'un de nous peut se faire descendre en un quart de seconde, par accident. C'est de la folie pure. J'ai été gagnée par l'euphorie après le coup de maître de Marie-Rose, mais je vois désormais une seule chose : on est dans de beaux draps. Je m'assois dans l'herbe à une vingtaine de mètres de la voiture et me concentre sur ce que nous devons faire pour éviter une tragédie. Les trois acolytes sont descendus et m'observent de loin. Ils n'osent toutefois pas s'approcher et murmurent entre eux des paroles qui ne parviennent pas jusqu'à moi. Ils me lancent des regards à la dérobée. Je me tourne pour échapper à leurs yeux suppliants et tente d'éclaircir mes idées.

Après une dizaine de minutes d'intense réflexion, je me lève et rejoins les covoitureurs. Ils se tiennent tous trois alignés, la tête baissée comme s'ils avaient commis une bêtise à laquelle je n'avais pas, moi aussi, participé. C'est légèrement exagéré, mais le rôle du professeur semble me revenir de droit. Je soupire un bon coup avant de me lancer.
— Bon, faisons le point, leur dis-je. En sortant du bar, on a été agressés par un homme armé qui a tenté de nous voler nos affaires. Léo et Josselin, vous avez eu beaucoup de sang-froid et avez permis de gagner du temps pour permettre à Marie-Rose d'intervenir. J'aurais été absolument incapable de faire face à ce mec avec autant de maîtrise. Toi, Marie-Rose, tu as été hyper courageuse et d'une efficacité redoutable. Tu as affronté notre agresseur

sans ciller. Tu nous as sauvés. Josselin, tu as eu la présence d'esprit de ne pas laisser le fusil entre les mains d'un homme dangereux. À nouveau, c'était très malin. Mais si on fait le bilan des courses, il y a quand même de quoi frémir. On a laissé un individu blessé, seul, sur une espèce de parking sauvage où personne ne peut le trouver avant le lever du jour. On est désormais en possession d'une arme, comme de véritables délinquants. Alors qu'on a rien à se reprocher ! Pas vrai ?

— Oui...

— C'est assez bien résumé.

— On est de simples covoitureurs qui voulons seulement rentrer chez nous, sans créer de problème. Mais si ce mec crève dans ce parking, on s'en voudra toute notre vie. Marie-Rose, tu pourras vivre avec la mort d'un homme sur la conscience ?

— Ce serait terrible.

— Et toi Josselin, t'as choisi d'aider les gens qui vont mal, pas de les tuer, n'est-ce pas ?

— Oui, c'est sûr...

— Et toi, Léo, tu te plies en quatre pour satisfaire tout le monde. Tu n'as pas l'âme d'un meurtrier, je me trompe ?

— Je ferais pas de mal à une mouche.

— On est d'accord. Alors, on va à la police. Et on dira la vérité.

À ma grande surprise, tous trois acquiescent. Ils sont d'accord pour qu'on se rende ! Je suis moi-même épatée de ma force de persuasion. Ce petit entracte leur a probablement permis de prendre du recul à eux aussi. Tant mieux ! Je m'attendais à un long affrontement, à devoir reprendre mes affaires dans la voiture et me rendre à la police toute seule.

— Heu... J'aurais une requête, lance Léo à voix basse.

Ah... Ça m'étonnait aussi qu'ils acceptent sans négociation.

— Dis-nous.

— Vu que Marie-Rose nous a sauvés et qu'elle a besoin de voir ses amies, elle ne mérite pas d'aller en prison. Elle sera déjà jugée par le seigneur. Et elle fait plein de choses pour aider les autres, ce serait injuste. Je dirai que c'est moi qui ai mis le coup de pelle. Moi, je n'ai rien à perdre. Mes parents veulent plus me voir, je n'ai pas d'amis et ma maison peut bien attendre quelques années avant d'être rénovée.

— Sûrement pas, jeune homme ! Je ne fuis pas les responsabilités ! Je n'ai rien à cacher. Ce voyou nous a attaqués et je suis fière de l'avoir neutralisé pour protéger de jeunes innocents. Tu crois peut-être que je te laisserai te sacrifier pour me permettre d'être libre ? Hors de question !

— Mais...

— Il n'y a pas de mais ! C'est décidé. Fin de la discussion. Je me dénoncerai. Mais tu es vraiment une belle personne. Je te remercie du fond du cœur.

— C'est vrai que c'est une proposition que peu de gens auraient faite. Comme quoi, il y a vraiment du bon dans l'humanité ! s'émeut Josselin.

— C'était un très beau discours Marianne. Bravo pour ta sagesse. Tu es un exemple pour nous, me lance Marie-Rose.

Tous trois applaudissent avec entrain et font tomber en lambeaux les derniers remparts de ma muraille. Josselin s'approche de moi et me serre dans ses bras. Léo et Marie-Rose l'imitent et tous quatre nous faisons une grande accolade. Voilà de quoi nous donner du courage pour l'épreuve qui nous attend !

Décidément, quelle bande de bras cassés nous faisons !

10. La gendarmerie

Cette accolade a pris l'allure d'une embrassade générale. Voilà qui n'est pas dans mes habitudes, en particulier lors de périodes de stress intense. C'est même l'inverse en principe. Face aux difficultés ou à l'adversité, j'adopte plutôt un réflexe auto-protecteur et tends à me replier sur moi afin de mieux gérer la situation. J'ai toujours été ainsi. Cela doit venir de mon caractère, je ne parviens pas à agir autrement. Je devrais plutôt dire que je ne souhaite pas agir autrement. La solitude me rassure et apaise mes craintes. Je me rappelle encore ce jour où j'avais préféré annuler la soirée qu'Aurélien avait programmée pour nous : un ciné et un petit resto. C'était tentant *a priori* et j'aurais bien eu besoin d'être épaulée à cet instant. Mais j'avais préféré garder pour moi la terrible nouvelle que je venais d'apprendre. J'avais prétexté une migraine qui m'obligeait à rester allongée toute la soirée. Il n'avait pas insisté ou proposé de venir prendre soin de moi. Ce n'était pas dans son caractère, à lui, de prendre soin de moi. Cela aurait dû m'alerter d'ailleurs. Bref, évitons de ressasser... Ça m'avait bien arrangée qu'il me laisse seule ce soir-là. J'avais besoin de réfléchir, de prendre du recul et de digérer. Réfléchir et prendre du recul, je sais faire. C'est même ma spécialité. Jamais je ne prends de décision hâtive, je pèse le pour et le contre, évalue les obstacles potentiels et les leviers. Mais pour accepter, cette fois, ce serait différent. J'aurais probablement besoin de temps.

En rentrant dans mon minuscule appartement, je m'étais dirigée vers le canapé, portant sur mon dos un poids dont il serait difficile de me libérer. Je n'avais même pas pensé à fermer ma porte d'entrée à clef, c'est dire si j'étais perturbée ! Je m'étais assise et étais restée dans cette position un long moment. Peut-être une demie-heure, peut-être une heure, peut-être davantage. Les yeux dans le vague, je faisais le vide mon esprit et tentait de nier le sentiment d'injustice qui me saisissait. Lorsque j'avais levé la tête, il faisait déjà nuit. J'avais fermé les volets machinalement, pris une douche et m'étais couchée sans dîner. Au moins, les douleurs n'avaient pas fait leur apparition. C'était déjà ça de pris. Si au surplus, j'avais passé la soirée pliée en deux, incapable de marcher ou d'effectuer le moindre mouvement sans ressentir des éclairs dans mes entrailles, je n'aurais pas survécu à cette nuit d'insomnies.

Les douleurs me tétanisaient depuis plusieurs années déjà. Chaque mois, j'en prenais pour mon grade. Lorsque la période des règles approchait, l'angoisse me saisissait. Et au moment des premiers saignements, c'était parti. J'arrivais difficilement à me lever et devais me traîner au travail. Je tentais d'ignorer la souffrance et poursuivais ma tâche, le plus souvent enfermée dans mon bureau pour épargner à collègues mes sautes d'humeur. Bien sûr, je l'avais évoqué à mon médecin. Il m'avait observée, circonspect. Allez faire comprendre à quelqu'un que vous avez mal au ventre pendant vos règles. Il vous regardera avec condescendance, voire mépris. C'est exactement cet air qu'arborait le Dr Gutraud lorsque je lui en avais parlé. « Encore une intolérante à la moindre douleur. » Voilà précisément ce que criait son regard. Je m'étais donc convaincue, moi aussi, que j'étais un peu chochotte sur les bords et que les hormones me rendaient désagréable au moment des menstruations, comme beaucoup de femmes. Je tentais donc de supporter l'insupportable. Parfois, j'étais contrainte de poser un jour de congé, car incapable de me déplacer pour me rendre au bureau. Je ne voulais pas passer pour une tire-au-flanc et refusais de demander un arrêt maladie pour un mal que les autres femmes supportaient sans peine. Après mon déménagement au Mans, j'avais toutefois changé de médecin traitant. Je n'allais pas faire cent cinquante bornes pour soigner mes grippes. Lorsque j'avais évoqué mes douleurs menstruelles à ma nouvelle docteure, celle-ci avait cependant eu une réaction différente de celle de son confrère caennais.

— Ce n'est pas normal, s'était-elle empressée de dire. Vous ne pouvez pas rester avec des douleurs pareilles.

— Mon médecin m'avait dit que je me plaignais pour rien.

— Peut-être, mais peut-être pas.

Sa compassion m'avait touchée. Elle m'avait orientée vers un confrère gynécologue. Il ne prenait en théorie plus de nouveaux patients, mais vu que j'étais envoyée par l'une de ses amies, il avait finalement accepté de me fixer un rendez-vous plusieurs mois plus tard. Je ne sais pas si le fait d'être entendue m'avait réconfortée, mais j'avais repris espoir. Peut-être pourrais-je enfin vivre normalement tout au long du mois. J'avais eu droit à une batterie d'examens tous plus désagréables les uns que les autres. Je déteste les actes médicaux. Et encore plus depuis ce jour-là. Au final, le verdict était sans appel. Endométriose. Je ne connaissais pas cette maladie qui atteint l'utérus. On en parlait très peu à l'époque. Mais le ton du gynéco ne laissait pas de doute planer : la situation était sérieuse.

J'étais donc rentrée chez moi seule, avec ce diagnostic entre les mains. Je ne pourrai probablement pas avoir d'enfant. Il fallait commencer à me faire à l'idée. Il n'y avait pas de certitude et comme Aurélien et moi n'avions pas prévu de procréer dans les mois à venir, je ne pourrais pas savoir avant d'avoir essayé. J'étais restée recluse chez moi plusieurs jours durant. Il était inutile d'en échanger avec Aurélien, cela ne changeait rien à la situation. J'avais donc gardé cette nouvelle secrète et ne l'avait évoquée avec personne. Ni ma famille, ni mes amis. C'était plus facile à gérer seule. Mais en ce jour de covoiturage apocalyptique, je me prends à songer qu'il est peut-être (je dis bien peut-être) agréable, parfois, de savoir entourée.

∗∗

Cet élan de solidarité et de retour à une forme de rationalité m'a requinquée. Nous devons nous rendre au commissariat le plus rapidement possible.

— On peut pas tout simplement appeler la police et reprendre notre route ? tente Léo.

— On sera obligés de faire une déposition, peut-être même de porter plainte. Alors, autant y aller directement.

— T'as raison Marianne, il faut assumer notre acte dès maintenant, ajoute Marie-Rose d'un ton serein.

Je pianote sur mon téléphone afin de repérer le poste de police le plus proche.

— Il y a une gendarmerie à sept kilomètres d'ici. On y sera rapidement.

— OK. On y va, annonce Josselin, avec une détermination qui me surprend.

— Tout le monde en voiture !

Nous obéissons à la consigne de Léo et remontons à bord de la Ford Fiesta pour Nème fois depuis le départ du covoiturage. Lorsqu'il ouvre la porte, Josselin marque néanmoins un signe d'hésitation.

— Qu'est-ce qu'il y a ? lui demandé-je.

— Ça me fait un peu flipper ce que t'as dit tout à l'heure, le cran de sûreté, tout ça. J'ai l'habitude de manier des piqûres, mais pas un fusil. Un coup est si vite parti.

Enfin une parole sensée émanant de lui. On progresse sans que ça paraisse. Il est toutefois hors de question que je prenne le fusil avec moi.

— Laisse-le ici, caché dans l'herbe. On dira aux gendarmes de venir le récupérer. Il n'y a pas de risque que quelqu'un tombe dessus à cette heure.

Soulagé, Josselin s'exécute et s'installe à l'avant à côté de Léo. Nous redémarrons, mais, cette fois, une ambiance étrange gagne la voiture. Nous restons silencieux, en pleine digestion des derniers événements. J'essaye d'imaginer ce qui nous attend. J'aimerais bien ne pas finir la nuit en garde à vue. Je me vois mal appeler mes parents pour leur demander de trouver un avocat, car je suis inculpée d'une tentative de meurtre à Tataouine-lès-Bains. Mes camarades sont également plongés dans leurs pensées. Pourvu qu'on s'en sorte. Et comme notre destin est directement lié à celui de notre agresseur, pourvu que lui aussi s'en sorte !

Léo allume la radio afin de rompre le silence angoissant qui nous entoure. Après avoir tenté plusieurs stations dont la réception est si mauvaise qu'elle ne permet pas de distinguer autre chose que des grésillements, il s'arrête finalement sur V7 FM, la « radio qui vous fait vibrer », annonce l'animateur d'un ton monotone. Le son d'une imposante batterie et la voix gutturale d'un chanteur s'élèvent dans l'habitacle. *Eins, zwei, drei, vier, fünf, sechs, sieben, acht, neun, aus.* S'ensuit l'écho imposant de la guitare électrique. Du métal. Je n'écoute pas ce genre de musique, mais je crois reconnaître un morceau connu. *Alle warten auf das licht.* Oui, c'est bien ça. Rammstein... C'est une drôle de coïncidence. Léo monte le son de l'autoradio et se balance sur le rythme de la musique. La puissante guitare explose dans nos tympans. *Die Sonne scheint mir aus den Augen*. Nous sourions en entendant le morceau. *Hier kommt die Sonne[3]*.

— Écoutez-moi ça, les mecs ! Ça en jette !

— C'est assez mélodique en réalité, apprécie Josselin.

— C'est beau, ça veut dire « Voici le soleil », précise Marie-Rose.

— Tu parles allemand ? lui demandé-je, étonnée.

— Bien sûr, quelle question.

Je ne vois pas bien en quoi cela peut être d'une telle évidence. J'ai dû louper un épisode, je ne me rappelle pas que celle-ci ait parlé de sa passion pour cette langue ou qu'elle y ait séjourné. Mais bon, mieux vaut se concentrer sur notre confession à venir à la gendarmerie.

— En tout cas, ça ne peut qu'être un bon présage, si le soleil vient à nous, ajoute Josselin, poète à ses heures perdues.

— Puisses-tu avoir raison, réponds-je en apercevant les éclairages bleus, blancs et rouges devant la façade de la petite gendarmerie. Baisse le son Léo, il ne faudrait pas qu'on fasse mauvaise impression d'entrée de jeu, conseillé-je.

Il stoppe le véhicule et nous sortons sans empressement. Les deux garçons tiennent à fumer une cigarette avant de se lancer, afin de juguler leur stress.

— Quand je suis anxieux, je perds mes moyens, précise Josselin.

---

3 *Sonne*, Rammstein, 2001, Motor music.

Si ça peut leur éviter de sortir une connerie devant le gendarme, mieux vaut leur accorder cette faveur. Pendant les minutes précédant notre arrivée à l'abattoir, je fais le point avec eux.

— On est d'accord qu'on mentionne les faits, rien que les faits. On n'en rajoute pas, on ne minimise pas. On explique seulement comment les choses se sont passées. Il voudra peut-être nous entendre séparément, donc on prend pas le risque de donner des versions contradictoires.

— Bien sûr ! s'insurge Léo. Tu nous prends pour qui ?

Je le regarde d'un air entendu. Ils ont terminé leur cigarette, on peut y aller. J'inspire profondément et nous nous dirigeons vers la grille qui entoure la gendarmerie. En toute honnêteté, je ne suis pas sereine. Je ne suis pas certaine de faire mieux que les autres. Je risque de perdre moi aussi mes moyens si on est menacés d'une incarcération. Je sens déjà mon cœur battre la chamade alors que nous n'avons pas encore débuté nos aveux.

Un interphone permet de se mettre en lien avec les gendarmes. Nous ne nous bousculons pas pour appuyer. Finalement, Josselin se lance et une sonnerie retentit à travers le haut-parleur. « Veuillez patienter, vous allez être mis en relation avec la gendarmerie », indique une voix féminine. « Veuillez patienter, vous... »

— Oui ? dit la voix d'un homme à l'interphone.

— Bonsoir messieurs-dames, je m'appelle Josselin, infirmier psychiatrique. Je suis avec des covoitureurs. Nous venons pour... euh... pour...

Nous lui faisons signe de trouver quelque chose rapidement. Le gendarme va raccrocher si on ne dit rien ou croire qu'on est des petits rigolos qui veulent s'amuser.

— Nous venons pour un meurtre, termine Léo.

Je me tape le front en l'entendant. On va se faire enfermer pour la nuit, c'est sûr. Si ce n'est davantage. Au moins, la réponse de Léo a eu le mérite de nous accorder l'attention du gendarme.

— Entrez, ordonne-t-il dans l'interphone.

Nous avançons jusqu'à la porte où l'officier vient nous accueillir. Il ouvre et nous regarde avec curiosité, les sourcils froncés. Dans la trentaine, il porte un uniforme aux couleurs de la gendarmerie nationale. J'aurais préféré avoir affaire à un vieux, proche de la retraite. Vous savez, le genre qui a tout vu, qui ne peut plus être surpris de rien.

— Vous venez pour un meurtre ? demande-t-il, méfiant.

À cet instant précis, nous ne sommes pas très crédibles, en effet. Nous avons probablement l'air de bien des choses, mais sûrement pas d'une bande de criminels. Nous devons d'ailleurs faire peine à voir. L'arcade de Josselin est enflée et son cou demeure rouge. Léo n'a toujours qu'une seule chaussure à ses pieds. Je porte une tenue de plage avec des escarpins. Et mon menton, mes genoux et paumes de mains sont recouverts de sang séché. Seule

Marie-Rose donne encore l'impression d'être une personne normale.

— Nous avons eu un petit incident, et nous ne sommes pas sûrs, mais un homme est peut-être mort, dit-elle.

Le gendarme soupire et nous dévisage avec scepticisme. Finalement, il nous laisse entrer afin d'écouter ce que nous avons à relater. Cela aurait été plus simple qu'il nous envoie sur les roses. On aurait pu repartir la conscience tranquille avec la sensation du devoir accompli. Au contraire, un long interrogatoire s'annonce.

*
**

L'endroit est vraiment typique d'une gendarmerie de campagne : miteux. La peinture est écaillée au mur, les ordinateurs doivent avoir au moins dix ans et le mobilier est taché et usé. Après avoir échangé quelques mots avec un collègue, le gendarme nous installe dans un bureau minuscule qui ne contient pas assez de chaises. Il passe plusieurs minutes à récupérer des sièges et tabourets dans d'autres pièces. Finalement, nous allons être entendus ensemble. Ce n'est pas plus mal, je pourrai peut-être tempérer les autres s'ils sortent des éléments trop compromettants. Nous sommes assis, les uns à côté des autres. Josselin, situé à ma droite, passe un de ses bras autour de mes épaules, en guise d'encouragement. Je suis tentée de lui retirer sans ménagement, mais me ravise. Un peu de soutien ne fera pas de mal.

— Dites-moi tout, nous enjoint le gendarme.
— Tout ? demande Léo. Ça risque d'être long.
— Tout d'abord, Mon Commandant, je voudrais dire que nous sommes d'honnêtes gens, qui voulions simplement rentrer chez eux en profitant d'un moment convivial en covoiturage, indique Josselin.

Le gendarme l'observe et attend la suite sans ajouter un mot. Léo se lance.

— Pour résumer, ça a commencé quand Rose-Marie...
— Marie-Rose.
— Oui, Marie-Rose, parce que, Rose-Marie, ça ne veut pas dire la même chose, n'est-ce pas ? Donc, Marie-Rose a assommé un homme avec une pelle pour nous sauver. C'était un geste héroïque de sa part. Elle ne l'a pas fait exprès, mais bon, vous savez ce que c'est, le métal, tout ça, ça fait perdre la tête.

Le gendarme adopte une expression de plus en plus sceptique. Il ne comprend manifestement pas un mot de ce que Léo raconte.

— Ça a commencé un peu plus tôt, en réalité, précise Josselin, quand nous nous sommes garés sur le parking pour manger, mais que j'ai fait une allergie. Il faut souligner, Mon Commandant, qu'on avait très faim parce qu'on a fait une longue route. Il faisait jour quand on est partis, mais on a eu des rats qui se sont échappés, ça nous a un peu bouleversés. Je dois préciser que ce ne sont pas n'importe quels rats, ce sont des membres de la famille de Léo.

— En fait, ça a même commencé avant, quand on a eu l'accident de voiture, et qu'on a pris le rhum dans le coffre parce qu'on avait rien d'autre pour soigner Josselin, précise Léo.

Le gendarme se cale dans son fauteuil. Ses sourcils sont froncés et une barre marque son front. Il pousse un long soupir et se frotte le visage avec ses mains. J'ai l'impression qu'on s'enfonce, mais n'ose pas interrompre mes camarades. Je reste pétrifiée devant la scène qui se déroule sous mes yeux.

— Quel est le rapport de tout ça avec un meurtre ?

— On y vient, poursuit Marie-Rose. En fait, Léo et Josselin étaient partis de bonne heure, mais comme ils m'ont oubliée, ils ont dû faire demi-tour. Le trajet était plus long que prévu et on avait très faim donc on a décidé de manger dans une auberge de type restauration rapide, mais qui ressemble vraiment à un endroit typique de la campagne, vous comprenez ?

— Et j'ai commandé une salade océane, mais j'aurais pas dû. J'ai bien failli y laisser ma peau, Monsieur le Commandant.

— Si vous avez failli y laisser votre peau, j'ai bien entendu « failli », pourquoi y aurait-il un mort ?

— Nous y venons. En fait, Josselin est allergique aux...

Je prends mon courage à deux mains et décide d'interrompre Léo. Si on continue sur cette voie, le gendarme va nous prendre pour des drogués et n'enverra pas de secours au braqueur. J'essaye de lui faire un résumé clair de la situation, en reprenant à la fin de notre repas. Inutile de préciser les détails de l'accident ou de la fuite des rats, qui avait conduit

Josselin à me rejoindre à l'arrière alors que la voiture roulait. Il s'agit de petites broutilles qui n'ont rien à voir avec notre histoire. Je lui explique l'agression dont nous avons été victimes, la percée de Marie-Rose à travers l'obscurité et le désarmement du braqueur. Je précise également que nous avons abandonné le fusil sur la route, sans réussir toutefois à décrire exactement le lieu où il est possible de le retrouver.

— On a vraiment été pris de court. On a essayé de se défendre comme on pouvait, on n'avait pas l'intention de voler une arme ou de blesser qui que ce soit. Tout est allé très vite. Et on ne sait pas si notre agresseur est blessé. Ou peut-être...mort.

Les mots s'étouffent dans ma gorge à l'idée qu'on ait possiblement tué un individu.

— Je vois, dit le gendarme après m'avoir écoutée attentivement. Attendez-moi ici.

Il sort de la pièce et nous l'entendons passer un coup de téléphone. Pendant un instant, nous restons silencieux et nous lançons des regards affolés.

— Vous croyez qu'il appelle des renforts pour nous mettre en prison ? demande Josselin. Il a pas l'air commode.

— Je ne pense pas qu'il ait besoin de qui que ce soit pour nous mettre dans une des geôles situées à 5 mètres de ce bureau, dis-je.

— Il a plutôt l'air compréhensif, ajoute Marie-Rose. J'en ai connu des hommes, et des pas faciles, mais celui-là me semble plutôt coopérant.

Cette religieuse me surprend à chaque minute. Elle semble connaître la nature humaine bien mieux que nous trois réunis. Dans tous les cas, j'y envie d'y croire.

Nous attendons avec appréhension le retour du gendarme. Le braqueur est peut-être dans un état grave, ou pire, déjà refroidi. Je suis saisie de nausée et ferme les yeux pour vaincre le vertige qui me gagne. Je m'agrippe à Josselin pour ne pas tomber de la chaise.

— Ça va, ma belle ? Tu veux un verre d'eau ? Je peux aller t'en chercher *incognito* aux toilettes. Si je fais discrètement, il ne remarquera rien.

Je hoche négativement la tête. Mieux vaut ne pas ajouter des ennuis à notre longue liste.

— Sois forte Marianne, m'encourage Marie-Rose. On est ensemble, ne t'inquiète pas.

Ça devrait plutôt être à moi de la réconforter. Elle est la plus menacée de nous tous au regard du rôle qu'elle a endossé face au braqueur. Ressaisis-toi, Marianne ! Tu es un peu courageuse habituellement. Je sens que le malaise qui m'avait menacée se dissipe. Je fais un signe rassurant aux membres du groupe et me redresse. Le gendarme nous retrouve dans le bureau une quinzaine de minutes plus tard, mettant fin à ce suspense insoutenable.

— J'ai envoyé une patrouille sur le lieu que vous m'avez décrit. Les voisins ont, en effet, entendu une détonation, mais il n'y avait pas d'homme allongé sur le parking. Pas d'homme, pas de cadavre et pas de cadavre, pas de meurtre. Vous pouvez partir. Par contre, je vais prendre vos identités et j'aurais besoin d'une description de l'agresseur.

Nous lâchons tous à l'unisson un soupir de soulagement. L'homme à la chemise hawaïenne avait dû s'enfuir. Léo se lève et pousse un cri de victoire. Josselin lui saute dans les bras. Marie-Rose me serre également contre elle. Je n'arrive pas à y croire. Le pire a été évité. Nous sommes saufs ! Nous n'irons pas en cellule ce soir ! Quel dénouement incroyable. J'ai imaginé le pire, mais finalement, nous avons eu de la chance.

Il nous reste cependant à dresser la description de l'homme qui nous a menacés avec une arme. Ce n'est pas une mince affaire. Je ne l'ai pas bien vu dans l'obscurité et, de toute façon, je suis incapable de dépeindre un visage. Je pourrais décrire avec minutie les motifs de la chemise, mais pour le reste, il ne faut pas compter sur moi. On était tous d'accord sur un point : il était grand, costaud et avait une barbe. Mais pour le visage, on n'avait, semble-t-il, pas vu la même personne.

— Il avait un nez plat et écrasé, déclare Léo d'un ton qui ne laisse subsister aucune hésitation.

— J'aurais plutôt dit un grand nez droit, ajoute Josselin.

— Un peu crochu aussi, précise Marie-Rose.

— Bon, laissons tomber le nez, décide le gendarme. Et les yeux ? Ils étaient comment ?

— Oh, effroyables, Mon Commandant !

— Je vous demande pas s'ils vous ont fait peur, je vous demande quelle forme ils avaient !

— Ah... ça, je ne sais plus, répond Josselin.

— Je crois qu'il avait des yeux fins et perçants, répond Marie-Rose.

— Oui, absolument. Et assez gros et globuleux aussi, précise Léo.

Le gendarme gonfle ses joues et soupire bruyamment en se frottant le visage.

— Bon, on verra après. Et le front ?

— Ah, je crois savoir, avancé-je prudemment. Il me semble qu'il avait un grand front.

— Oui, grand et proéminent, confirme Marie-Rose.

— Ah bon ? enchaîne Josselin. Moi, j'aurais dit plutôt étroit.

Il me fait hésiter. Je n'arrive plus à me rappeler, comme si mon cerveau avait fait un black-out.

— C'est possible, si tu le dis.

C'en est trop pour le gendarme. Il ferme son ordinateur et jette sur le bureau le stylo qu'il tenait à la main. Il photocopie nos pièces d'identité, prend nos coordonnées et nous indique qu'il nous tiendra au courant s'il a besoin de renseignements complémentaires. Excédé, il nous met finalement à la porte, soulagé de se débarrasser de nous. Nous sortons donc de la gendarmerie, libres et ravis que notre agression ne se soit pas soldée par la mise en danger de la vie d'autrui, fût-ce un malfaiteur.

Décidément, cette journée s'achèvera peut-être sans drame.

11. Ce n'est qu'un au revoir

Lorsque nous quittons la gendarmerie, notre groupe est plus survolté que jamais. L'air frais de la nuit et la retombée du stress me permettent de retrouver une respiration presque normale.

— Je vous avais dit que le gars allait bien ! s'exclame Léo.

— Tu as dit qu'il allait peut-être bien, précisé-je.

— Tout commence bien qui finit bien, dit Josselin.

— C'est pas tout à fait l'expression d'origine, mais tu as raison. On a eu chaud ! réponds-je.

— Oui, au fond, tout finit bien, dit Marie-Rose. Vous avez vu l'expression du gendarme quand Marianne a évoqué le coup de pelle ? Je crois qu'il était impressionné.

— Qui ne le serait pas ! Tu devrais faire des arts martiaux, conseille Josselin, tu as un vrai talent.

— A mon âge, tu crois ?

— Tout a un commencement, les arts martiaux, les arts charnels, tout ! lui répond Léo. Allez, en route, mauvaise troupe !

Nous nous apprêtons à remonter dans le véhicule, je l'espère, pour la dernière fois. Soudain, Marie-Rose se fige et pointe du doigt le coffre de la voiture.

— Regardez qui est là ! s'écrie-t-elle.

Je penche la tête, de même que Léo et Josselin. Invraisemblable ! Deux rats se tiennent sur la plage arrière, enroulés l'un contre l'autre. Ils étaient probablement assoupis peu de temps auparavant, car leurs yeux ensommeillés et incrédules nous scrutent à travers la vitre. S'ils détenaient le pouvoir de parler, il diraient quelque chose du genre « Quelle est donc cette bande d'excités ? ».

— Obiwan ! Kenobi ! Vous êtes là ! C'est un vrai miracle !

Léo a les larmes aux yeux. Il va pouvoir ramener les deux chérubins à leur maîtresse. Pour ma part, j'ai plutôt la chair de poule, mais reste heureuse que les deux échappés aient été retrouvés. Notre conducteur ouvre le coffre délicatement pour récupérer la cage et y installe les rongeurs. Je me tiens à une distance raisonnable d'eux.

— Vérifie que la cage est bien fermée, s'il te plaît.

— T'inquiète, ma belle, j'ai effectué toutes les opérations de contrôle, précise Josselin.

Nous autorisons, bien entendu, Léo à appeler sa sœur pour la rassurer avant de reprendre notre route.

— Qui l'eût cru ? s'interroge Marie-Rose. Je me demande bien où ils étaient pendant tout ce temps.

— Très honnêtement, je préfère ne pas le savoir, réponds-je tandis qu'un frisson me parcourt le corps.

La sœur de Léo va pouvoir retirer son annonce Alerte enlèvement. C'est un beau dénouement. Il est temps de repartir. Nous nous installons à nos emplacements respectifs et Josselin pose la cage des rats sur ses genoux. Ces derniers ne tardent pas à rejoindre leur cabane. Il ne reste qu'une demie-heure de route, ce qui devrait être réalisé rapidement. Notre bout de chemin ensemble touche à sa fin. Le souvenir de la journée défile dans mon esprit. Si on m'avait raconté l'ensemble de nos péripéties avant mon départ, j'aurais cru à une blague. Le trajet a été empli de surprises, des mauvaises certes, mais aussi des belles. Le pire, c'est que si c'était à refaire, et bien, croyez-le ou pas, je ne me priverais pas de toutes ces (més)aventures, surtout en connaissant l'épilogue. J'ai trop appris au contact de la bande. Je suis sortie de ma zone de confort. Et pas qu'un peu ! J'ai voyagé aux côtés de rats, compris qu'on peut s'autoriser à lâcher prise et ne pas essayer de tout prévoir à l'avance. Et au final, ça peut bien se terminer. Il est possible de rencontrer des personnes passionnantes, même si elles semblent complètement déconnectées de la réalité ou, en tout cas, de ma réalité.

— Si vous deviez trouver un mot pour qualifier notre covoiturage, vous diriez quoi ? demande Léo.

— Aventure, répond Marie-Rose, parce que malgré les problèmes, je me suis beaucoup amusée et on a réussi à surmonter les difficultés ensemble.

— Je dirais Rencontres, pour ma part, indique Josselin après avoir intensément réfléchi, parce que c'était fabuleux de tomber sur des personnes comme vous. L'humanité est belle !

— Pour moi, ce serait Inoubliable, dis-je, parce que je n'ai jamais vécu un trajet avec autant de rebondissements. Et toi, Léo, tu dirais quoi ?

Léo, qui s'exprime habituellement plus vite que son ombre, prend quelques secondes pour faire son choix.

— Ce serait Émotions. Parce que les plus belles émotions sont celles qu'on partage avec des personnes inoubliables qui nous font vivre de grandes aventures.

Nous demeurons silencieux durant les derniers kilomètres. Nul besoin de mots pour traduire le lien qui nous unit les uns aux autres. Un lien fort et éphémère à la fois, constitué d'un morceau d'histoire commune. C'est un peu comme une minute de silence, sauf que notre recueillement à nous n'est pas triste. Il est beau et joyeux, même si nous aurions pu finir cette journée sacrément esquintés. Je laisse l'atmosphère pénétrer en moi pour la graver dans ma mémoire. La panique, l'angoisse et l'euphorie ont laissé place à une forme de sérénité inexplicable, mélange de délivrance et de quiétude. Je ne parviens pas à expliquer les raisons pour lesquelles la présence de mes camarades à mes côtés à ce moment m'apaise. Honnêtement, vu leur pedigree, cela aurait dû être le contraire. Mais j'avais conscience qu'ils avaient fait preuve d'un courage inouï (certains diraient de témérité) et d'une confiance envers l'autre dont j'aurais été moi-même incapable.

Nous arrivons au point final de ce covoiturage sans qu'aucun autre incident ne se produise. Léo stoppe la voiture sur le parking. Je n'ai que quelques centaines de mètres à faire, rien de bien méchant. Bizarrement, je sens ma gorge se serrer en descendant du véhicule. Chacun récupère ses affaires dans le coffre. Mon sac est toujours mouillé de l'eau de mer et une odeur affreuse s'en dégage. Léo ne porte qu'une chaussure à ses pieds et l'arcade sourcilière de Josselin est encore gonflée. Nous arborons un sourire mélancolique sur nos visages. Quelle aventure ! Il est certain que sans mes compagnons, le trajet aurait été beaucoup plus calme. Mais j'allais retirer de chacun d'eux un petit brin de quelque chose. Et je ne les oublierai jamais. Nous traînons tous une histoire plus ou moins difficile et portons dans notre baluchon un lot de traumatismes dont nous avons livré un morceau au cours de ce voyage. Nous faisons face à la vie chacun à notre manière : Léo en masquant ses douleurs derrière un humour détonant, Josselin grâce à une capacité sans égale à rêver éveillé, Marie-Rose en venant en aide aux autres. Et moi... Moi, je verrai cela plus tard. Une chose est certaine : la bande de bras cassés m'a épargné quelques années de psychanalyse. En attendant, restons digne pendant ces adieux. Je serre Marie-Rose dans mes bras. Elle me rend ce geste avec une telle force que je manque de m'étouffer.

— Merci ma douce, je n'aurais jamais pensé rencontrer une chômeuse comme toi, pleine d'énergie, de gentillesse et de pragmatisme à la fois.

— Merci de nous avoir sauvés avec autant de courage, murmuré-je.

Je me tourne ensuite vers Léo. Ma gorge se noue davantage. Je serre les dents pour contrôler les larmes qui montent à mes yeux. Des larmes de nervosité, sûrement. Trop d'aventures pour moi, habituée à tout maîtriser.

— Merci pour tout. Pour ce repas festif, pour nous avoir défendus devant le gendarme. Et merci de m'avoir laissé te charrier toute la route, ajoute-t-il en souriant.

— Merci à toi de m'avoir ramenée chez moi, d'avoir proposé d'assumer la responsabilité du coup de pelle et surtout d'avoir été à l'origine de ce covoiturage improbable.

Lorsque je me tourne vers Josselin, il est en pleurs. Il ne cherche même pas à se cacher. Joie ou tristesse, je ne saurais dire, mais l'émotion me gagne également et je ferme mes yeux humides en le serrant contre moi.

— Merci d'être toi, me dit-il.

Je ne parviens pas à lui répondre quoi que ce soit. Les mots qui me viennent à l'esprit sont étouffés par des sanglots. Je me sens ridicule. Ils m'ont fait vivre un cauchemar et pourtant, je ne veux pas les laisser. Ce covoiturage m'a offert trop d'inattendus et de frayeurs pour que je puisse analyser mes propres émotions à cet instant.

Décidément, un vrai trajet surprise.

12. Épilogue

Lundi. Le réveil sonne à 8 heures. Je m'accorde encore dix petites minutes au lit et me lève sans grand enthousiasme. Un café serré me fera probablement du bien. J'allume la machine à expresso et me prépare un petit-déjeuner garni. C'est l'avantage, quand on est au chômage. Tous les matins, on peut s'accorder un moment privilégié autour de tartines grillées, pancakes, jus de fruit et autres gourmandises. Inutile de me presser, personne ne m'attend. Il faut néanmoins que je relance mes recherches. La situation ne peut pas durer ainsi éternellement. Je me suis accordé le week-end pour me reposer et surtout pour digérer mon covoiturage invraisemblable. J'imagine qu'ils ont tous repris leur vie. Josselin, au service des personnes qui vont mal, Marie-Rose au service des personnes qui vont bien et Léo au service de lui-même et de sa maison. Je me demande si notre agresseur a été arrêté. C'est peu probable au regard de notre incapacité à en dresser le portrait. Je me remémore le trajet avec une sorte de mélancolie, telle la sensation que l'on ressent à l'évocation d'un souvenir heureux dont on sait qu'il fait désormais partie du passé. Je me rappelle les aventures vécues avec un arrière-goût aigre-doux. Chaque fois que j'y repense, un sourire éclaire mon visage. Ces types étaient complètement timbrés et cette bonne sœur peut-être autant qu'eux. Ils étaient la vie même, avec sa dose de naturel, de douleurs, de doutes et de plaisirs.

Je savoure mon petit-déjeuner et passe en revue les entreprises susceptibles de recruter à la veille de l'été. Ça ne doit pas se bousculer sur le site de pôle emploi en termes d'offres d'embauche. Je jette un œil aux dernières annonces publiées. Rien qui ne vaille la peine de s'y arrêter. Je vais tenter des candidatures spontanées, sait-on jamais. En attendant, je balaye ma messagerie sur mon smartphone. Elle est inondée de publicités sans intérêt. Comme si c'était le moment de craquer sur les soldes à venir... Un mail, cependant, attire mon attention. Il provient de l'entreprise auprès de laquelle j'ai postulé et qui m'a convoquée à cet entretien catastrophique dont le souvenir me donne encore la nausée. Je clique sur le lien et lis le contenu du message :

« Madame Roussel,

Suite à notre entretien du 25 juin dernier, j'ai le plaisir de vous informer que votre candidature a été retenue pour le poste de Responsable des ressources humaines. Afin d'accomplir les formalités liées à votre recrutement, je vous invite à contacter Monsieur blablabla... »

Je manque d'avaler de travers mon jus d'orange et relis le message à plusieurs reprises. Je n'en crois pas mes yeux ! Ils m'ont réellement retenue sur le poste ? Oui, oui, messieurs-dames, il n'y a pas d'erreur ! Mais comment est-ce possible ? J'en ai le souffle coupé. Heureusement que je suis bien assise, car je serais tombée de ma chaise. Contre toute attente, ils m'ont sélectionnée. J'étais persuadée être hors-jeu d'office. C'est incroyable ! Cela dit, il est vrai que je n'avais pas fait un mauvais entretien... Je lève les mains au ciel en signe de victoire et tente de réaliser la nouvelle en engloutissant mes pancakes. Je monte le son de ma musique au maximum et savoure avec volupté l'avenir radieux qui s'annonce. Mais il va falloir que je trouve un logement, que je résilie mon bail, que j'organise le déménagement ! Vite, contactons-les avant qu'ils ne se rétractent. Euphorique, je compose le numéro sur mon téléphone.

Décidément, la vie réserve bien des surprises ! À moi La Rochelle !

La mer
Qu'au ciel d'été confond
Ses blancs moutons
Avec les anges si purs
La mer
Bergère d'azur, infinie ![4]

---

4 *La mer*, Charles Trenet, 1946, Raoul Breton éditions.

Sommaire

1. La plage..11
2. Les covoitureurs..17
3. Le Rhum..27
4. Obiwan et Kenobi..39
5. Marche arrière...55
6. Le dîner..73
7. L'œdème...93
8. Volte-face...109
9. Le fusil..123
10. La gendarmerie...139
11. Ce n'est qu'un au revoir......................................155
12. Épilogue...161

Mentions légales

La mer, Charles Trenet, 1946, Arrangeur : Albert Lasri, Raoul Breton éditions.

Sonne, Rammstein, 2001, Motor music.

Désaliéner ? Folie(s) et société(s), Lucien BONNAFE, PU du Mirail, 1992.

Date de fin de tirage : impression à la demande

Dépôt légal : Avril 2022